EDIÇÕES BESTBOLSO

Apenas uma mulher e outras histórias

David Herbert Lawrence (1885-1930) foi um dos mais relevantes e polêmicos autores do seu tempo. A importância da sexualidade nas relações humanas, bem como a influência das classes sociais nos relacionamentos afetivos, permeou sua obra. Seus romances mais famosos são *Mulheres apaixonadas* (1916) e *O amante de Lady Chatterley* (1928), sendo que o último chegou a ser proibido por conteúdo supostamente pornográfico. A obra rendeu diversas adaptações para cinema e teatro e está disponível no catálogo da BestBolso. Com o tempo, a literatura de Lawrence ganhou prestígio, tornando-se uma das mais interessantes crônicas sobre questões de gênero, sexo e afeto na sociedade britânica nas primeiras décadas do século XX. Os mesmos temas podem ser encontrados em seus contos.

Apenas uma mulher e outras histórias

David Herbert Lawrence (1885-1930) foi um dos mais relevantes e polêmicos autores do seu tempo. A importância da sexualidade nas relações humanas, bem como a influência das classes sociais nos relacionamentos afetivos, permeou sua obra. Seus romances mais famosos são *Mulheres apaixonadas* (1916) e *O amante de Lady Chatterley* (1928), sendo que o último chegou a ser proibido por conteúdo supostamente pornográfico. A obra rendeu diversas adaptações para cinema e teatro e está disponível no catálogo da Best Bolso. Com o tempo, a literatura de Lawrence ganhou prestígio, tornando-se uma das mais interessantes fontes sobre questões de gênero, sexo e afeto na sociedade britânica nas primeiras décadas do século XX. Os mesmos temas podem ser encontrados em seus contos.

D.H. LAWRENCE

Apenas uma mulher
e outras histórias

Tradução de
JOSÉ VEIGA e
MARIA CÉLIA CASTRO

Seleção e organização
MÁRIO FEIJÓ

1ª edição

RIO DE JANEIRO – 2015

CIP-BRASIL. CATALOGAÇÃO NA PUBLICAÇÃO
SINDICATO NACIONAL DOS EDITORES DE LIVROS, RJ

Lawrence, D. H. (David Herbert), 1885-1930

L447a   Apenas uma mulher e outras histórias / D. H. Lawrence; tradução José Veiga e Maria Célia Castro. – 1ª ed. – Rio de Janeiro: BestBolso, 2015.

12 x 18 cm.

Tradução de: The fox and other stories
ISBN 978-85-7799-166-2

1. Ficção inglesa. I. Veiga, José. II. Título.

CDD: 823

14-11061   CDU: 821.111-3

Apenas uma mulher e outras histórias, de autoria de D.H. Lawrence.
Título número 379 das Edições BestBolso.
Primeira edição impressa em janeiro de 2015.
Texto revisado conforme o Acordo Ortográfico da Língua Portuguesa.

Título original inglês:
THE FOX AND OTHER STORIES

Copyright da tradução © by Distribuidora Record de Serviços de Imprensa S.A.
Direitos de reprodução da tradução cedidos para Edições BestBolso, um selo da Editora Best Seller Ltda. Distribuidora Record de Serviços de Imprensa S. A. e Editora Best Seller Ltda são empresas do Grupo Editorial Record.

www.edicoesbestbolso.com.br

Nota do editor: Esta coletânea inclui os seguintes textos de autoria de D. H. Lawrence e seus respectivos títulos originais: Apenas uma mulher (*The Fox*); A sombra no roseiral (*The Shadow in the Rose Garden*); A vez da Sra. Radford (*Her Turn*); Subvenção do sindicato (*Strike Pay*); Em segundo lugar (*Second Best*); As sombras da primavera (*The Shades of Spring*) e O velho Adão (*The Old Adam*).

Design de capa: Sergio Campante, com imagem Shutterstock.

Todos os direitos reservados. Proibida a reprodução, no todo ou em parte, sem autorização prévia por escrito da editora, sejam quais forem os meios empregados.

Direitos exclusivos de publicação em língua portuguesa para o Brasil em formato bolso adquiridos pelas Edições BestBolso um selo da Editora Best Seller Ltda. Rua Argentina 171 – 20921-380 – Rio de Janeiro, RJ – Tel.: 2585-2000.

Impresso no Brasil

ISBN 978-85-7799-166-2

Sumário

Nota do organizador	7
1. Apenas uma mulher	9
2. A sombra no roseiral	88
3. A vez da Sra. Radford	104
4. Subvenção do sindicato	112
5. Em segundo lugar	123
6. As sombras da primavera	134
7. O velho Adão	154

Nota do organizador

Reunindo contos publicados originalmente em diferentes livros, esta antologia exclusiva da BestBolso apresenta o universo de D.H. Lawrence aos leitores contemporâneos. Considerado um autor erótico em seu tempo, Lawrence escreveu sobre casamentos, adultérios, separações, flertes e namoros, sempre valorizando a tensão sexual em cada um destes relacionamentos. Em sua percepção, o desejo direcionava a vida de todos, mas as barreiras sociais e econômicas sempre estariam lá para dificultar, principalmente em uma sociedade hierarquizada como a britânica e que, mesmo no século XX, ainda cultivava a rígida moral vitoriana. Para muitos leitores, o erotismo de Lawrence era, na verdade, uma constante denúncia da hipocrisia de aristocratas e burgueses. Um século depois, seus temas continuam atuais e instigantes.

Mário Feijó
Escritor e professor da
Escola de Comunicação da UFRJ

1
Apenas uma mulher

As duas moças eram mais conhecidas pelos sobrenomes, Banford e March. Elas alugaram a granja com a intenção de explorá-la sozinhas – iam criar galinhas, viver da avicultura, e pretendiam comprar também uma vaca para que ela procriasse. Infelizmente o plano não deu certo.

Banford era franzina e delicada, e usava óculos, mas era a sócia principal porque March quase não tinha dinheiro. O pai de Banford, comerciante em Islington, deu à filha uma primeira ajuda, pensando na saúde dela, porque ele a amava, e também porque parecia que ela não iria se casar. March era mais robusta. Ela aprendera carpintaria e marcenaria em um curso noturno em Islington, e seria o homem da casa. No início, elas tiveram a companhia do avô de Banford, agricultor já aposentado, mas, depois de um ano na granja, o velhinho morreu, e as duas moças ficaram sozinhas.

Nenhuma das duas era muito jovem – andavam se aproximando dos 30, e isso prova que também não eram velhas. Elas começaram o trabalho com muita coragem. Tinham algumas galinhas, Leghorns pretas e Leghorns brancas, Plymouths e Wyandottes, e também patos e duas novilhas no pasto. Infelizmente, uma delas se recusava sistematicamente a ficar atrás das cercas da granja. March consertava a cerca, a novilha tornava a sair, ou para a mata próxima ou para o pasto do vizinho, e lá iam March e Banford atrás dela, sem no entanto, conseguirem alcançá-la. Finalmente, as duas granjeiras venderam essa novilha. E, justamente quando a segunda novilha estava para dar cria, o avô de Banford morreu. Não sabendo como enfrentar o acontecimento que estava se aproximando, as duas moças entraram em pânico, venderam a novilha e se limitaram à criação de galinhas e patos.

Apesar de certo desconsolo, foi um alívio não terem mais gado na granja. A vida não foi feita apenas para se trabalhar como escravo, concordaram elas. As galinhas já davam trabalho suficiente. March instalara seu banco de carpintaria numa extremidade do galpão aberto, e ali trabalhava fazendo engradados, portas e outros apetrechos. As aves ficavam na construção maior, que tinha servido de palheiro e estábulo antigamente. Elas tinham uma casa bonita, e deviam viver satisfeitas. Aliás, parecia que viviam bem. Mas as duas moças se aborreciam com a tendência que as aves tinham para doenças estranhas, com a enorme atenção que exigiam, e com a recusa delas, uma recusa obstinada, de botarem ovos.

March fazia a maior parte do trabalho externo. Quando estava fora fazendo suas tarefas, de culotes e perneiras de enrolar, de boné e sobretudo de cinto, parecia quase um rapaz de andar gracioso, por causa dos ombros retos e dos movimentos desembaraçados e confiantes, nos quais se notava também certa indiferença ou ironia. Mas seu rosto não era como o de um homem, jamais. As mechas de seu cabelo escuro balançavam quando ela se abaixava, os olhos eram enormes, bem abertos e escuros, e quando ela se erguia de novo, pareciam estranhos, espantados, tímidos e sardônicos ao mesmo tempo. A boca também tinha um repuxado como de dor ou de sarcasmo. Havia nela qualquer coisa estranha e inexplicável. Às vezes, ela ficava em pé apoiada em uma perna, olhando as galinhas cacarejarem na lama imunda do pátio inclinado, e chamava a galinha branca, sua preferida, que vinha correndo ao ouvir o chamado. Mas havia um lampejo quase satírico nos grandes olhos escuros de March quando ela olhava os seus animais de três dedos espalhados em volta dela, e o mesmo perigoso tom mordaz na voz quando falava com o seu mimado Patty, que vinha bicar-lhe a bota como demonstração de amizade.

As galinhas não proliferavam na Granja Bailey, apesar de tudo que March fazia por elas. Quando a moça lhes dava ração quente de manhã, de acordo com as instruções, notava que as aves ficavam pesadas e sonolentas durante horas. Esperava vê-las apoiadas nos esteios do galpão, no lânguido processo da digestão. Sabia que elas deviam estar ciscando e procurando o que comer pelo pátio, se fossem boas galinhas. Por isso resolveu dar-lhes a ração quente à noite, e deixar que elas dormissem à vontade. Mas não notou qualquer diferença.

Também as condições de guerra não eram muito favoráveis à avicultura. A comida era restrita e de má qualidade. Quando foi decretado o horário de verão, as galinhas se recusaram a dormir à hora habitual, que era mais ou menos às 21 horas. E isso já era muito tarde, porque não havia sossego na granja enquanto as galinhas não estivessem recolhidas, dormindo. Elas continuavam animadas, andando pelo pátio, sem nem olhar para o lado do galinheiro antes das 22 horas ou mais. Banford e March não gostavam de viver só para o trabalho. Elas queriam ler, ou andar de bicicleta à noite, ou talvez March quisesse pintar cisnes curvilíneos em porcelana, com fundo verde, ou então fazer um bonito para-fogo pelo processo de carpintaria artística. March era uma criatura de caprichos incomuns e tendências insatisfeitas. Mas tudo isso lhe era negado por causa das galinhas idiotas.

Havia um mal maior do que qualquer outro. A Granja Bailey era uma propriedade pequena, com um velho celeiro de madeira e casa de frontão baixo, situada a uma distância relativamente pequena da orla da mata. Desde o começo da guerra uma raposa estava fazendo misérias. Ela pegava as galinhas diante dos olhos das duas moças. Banford arregalava os olhos atrás dos enormes óculos, e via uma galinha após outra sendo carregada gritando. E aquilo acontecia tão rapidamente que não dava tempo para reagir. Era desanimador.

As duas moças fizeram o que puderam. Quando surgiu a permissão para matar raposas, elas ficavam de sentinela com suas espingardas na hora apropriada. Mas não adiantava: a raposa era ligeira demais. Assim se passou mais um ano, e mais outro, e elas iam vivendo de seus prejuízos, como disse Banford. Certo ano, no verão, deixaram a granja e foram morar em um vagão de estrada de ferro, que fora abandonado em um canto do pasto. Isso as divertiu e aliviou-lhes as finanças. Mesmo assim, as perspectivas não eram boas.

Apesar de serem geralmente boas amigas, porque Banford, mesmo nervosa e delicada, era uma alma boa e generosa, e March, apesar de esquisita e distraída, era dotada de uma estranha magnanimidade – mesmo assim, na longa solidão, elas às vezes se irritavam uma com a outra, se cansavam uma da outra. March fazia a grande maioria do trabalho sem queixas, mas era uma tarefa que parecia nunca acabar, e isso, às vezes, dava um brilho curioso a seus olhos. Nessas ocasiões, Banford, mais nervosa ainda, perdia o ânimo, e March a repreendia. Com o passar dos meses as duas pareciam perder a esperança. Sozinhas nos campos ao pé da mata, cercadas pela paisagem vazia que se estendia até às colinas arredondadas do White Horse ao longe, elas estavam se consumindo demais. Nada havia ali para sustentá-las – e nenhuma esperança tampouco.

A raposa estava levando as duas ao desespero. Logo que soltavam as galinhas, de manhãzinha, no verão, elas pegavam as espingardas e ficavam vigiando; e novamente ao anoitecer, tinham de voltar aos postos. Aquela raposa era impossível. Ela escorregava escondida no capim alto, invisível como uma serpente. E parecia se divertir iludindo as moças. Uma ou duas vezes March avistou o penacho branco da ponta do rabo, ou a sombra trêmula dela no capim alto, e puxou o gatilho. Mas nada aconteceu à raposa.

Em um fim de tarde March estava de costas para o sol poente, com a espingarda debaixo do braço, e o cabelo metido dentro do boné. Ela estava meio vigiando, meio refletindo, o que era seu estado quase permanente. Os olhos estavam atentos, mas o espírito mesmo não tomava conhecimento do que ela via. A moça sempre se distraía e entrava nesse estado de enlevo, com os cantos da boca apertados. Estaria ela ali, conscientemente presente?

As árvores da orla da mata eram de um verde escuro pardacento à luz do sol, pois era fim de agosto. Mais além, os troncos esguios dos pinheiros, com seus galhos, brilhavam no ar. Por perto, o capim áspero, com seus longos talos pardacentos, era uma festa de luz. As galinhas ciscavam em volta, e os patos ainda nadavam no tanque debaixo dos pinheiros. March olhava tudo isso, via tudo isso, mas na verdade não percebia nada. Ela ouviu Banford conversar com as galinhas lá longe – mas, na verdade, não ouviu. O que estaria ela pensando? Ninguém sabe. A consciência de March estava, por assim dizer, em suspenso.

Ela baixou o olhar e, de repente, viu a raposa. O animal a encarava. O focinho estava abaixado, mas os olhos, erguidos. Os olhos da raposa e os da moça se encontraram. A raposa a reconheceu. March ficou sem ação. Ela percebeu que a raposa a reconhecera. O animal olhou March nos olhos, e ela sentiu que a alma lhe fugia. A raposa a conhecia, e não estava intimidada.

March lutou consigo mesma, finalmente caiu em si, confusa, e viu a raposa se afastando a pulos lentos sobre uns galhos caídos. Eram pulos vagarosos e atrevidos. Lá adiante, ela olhou para trás, depois retomou a marcha sem pressa. March viu o penacho da cauda tremular como pena, viu o traseiro branco do animal brilhar, e num instante a raposa desapareceu, suave como o vento.

A moça pôs a espingarda no ombro e apertou os lábios, sabendo que seria tolice fingir que atirava, e saiu andando lentamente atrás da raposa, seguindo seu rumo lento e teimoso. Ela esperava encontrar o bicho. No íntimo, estava disposta a encontrá-lo. O que faria quando a visse de novo, ela não sabia. Mas estava disposta a encontrar a raposa. Por isso foi andando distraidamente pela orla da mata, com os olhos escuros bem abertos e um leve rubor no rosto. Não pensava. Em um estranho alheamento, ela caminhava de um lado para outro.

Por fim percebeu que Banford a chamava. Ela se esforçou por concentrar a atenção no chamado, voltou-se e gritou uma resposta. E, sem perceber, foi caminhando na direção da casa. O sol avermelhado ia se escondendo, as galinhas retiravam-se para seus poleiros. March ficou olhando as aves brancas e as aves negras a caminho do galpão. A moça as olhava hipnotizada, sem vê-las. Mas uma compreensão inconsciente a fez fechar a porta no momento certo.

Quando March entrou para jantar, Banford já tinha posto a comida na mesa. Banford falava com naturalidade. March parecia escutá-la do seu modo distante, masculino. De vez em quando, dava uma resposta curta, mantendo-se todo o tempo como se estivesse hipnotizada. E logo que terminou o jantar, levantou-se para sair, sem dizer para quê.

Ela pegou novamente a espingarda e foi à procura da raposa. O animal tinha erguido os olhos para ela, e seu olhar conhecedor parecia penetrar no cérebro de March. A moça não pensava na raposa. Era mais como se estivesse possuída por ela. March via o olhar escuro, agudo e impenitente do animal atravessando-a, reconhecendo-a. Ela sentia que a raposa a dominava. Via o focinho abaixado, os olhos erguidos, o pelo pardacento com laivos cinzentos claros. E viu o animal olhando para trás, um olhar de convite, de provocação e de malícia. March continuou andando, os enormes olhos arregalados brilhando, e com a espingarda debaixo do braço. Enquanto isso, a noite caiu e uma lua enorme se ergueu por cima dos pinheiros. Banford a chamou de novo.

March voltou para casa. Voltou silenciosa e preocupada. Examinou a arma, limpou-a, cismando à luz da lanterna. Depois, saiu novamente para ver se tudo estava em ordem.

Quando viu as cristas escuras dos pinheiros projetadas contra o céu escarlate, de novo o coração dela bateu pela raposa, a raposa. Ela queria encontrá-la, e com a espingarda.

Só dias depois foi que ela tocou no assunto com Banford. E, de repente, uma noite, ela disse:

– A raposa esteve bem a meus pés no sábado à noite.

– Onde? – perguntou Banford, com os olhos arregalados atrás dos óculos.

– Quando eu estava perto do tanque.

– Você atirou?

– Não. Não atirei.

– Por que não?

– Eu... Fui apanhada de surpresa, acho.

Era o mesmo falar lento e lacônico de March. Banford ficou olhando a amiga por algum tempo.

– Você viu a raposa?

– Claro! Ela estava me olhando, fria e sem medo.

– É isso! – gritou Banford. – A cínica! Elas não têm medo de nós, Nellie.

– Não têm não.

– Pena que você não tenha atirado – disse Banford.

– Pena mesmo. Eu a tenho procurado desde então. Mas não creio que ela chegue tão perto de novo.

– Acho que não – disse Banford.

E Banford tratou de esquecer o assunto, exceto por ter ficado mais indignada do que nunca com o descaramento do animal. March também não tinha consciência de estar pensando na raposa. Mas sempre que caía no seu estado de reflexão, sempre que ficava entre hipnotizada e consciente do que se passara diante de seus olhos, era a raposa que dominava o seu íntimo, tomava conta da metade vazia do seu refletir. Isso durou semanas, meses. Estivesse ela trepada nas macieiras colhendo frutas, ou derrubando as últimas ameixas do ano, ou desentupindo o tanque dos patos, ou limpando o celeiro, ou

15

quando esticava o corpo para descansar, e afastava as mechas de cabelo da testa, e apertava a boca, como era seu hábito – o que lhe dava um ar de pessoa mais velha do que realmente era –, era certo vir-lhe à mente a imagem hipnótica da raposa, com a nitidez exata de quando o bicho a olhara. Era como se ela sentisse até o cheiro do animal nessas ocasiões. E a imagem sempre voltava, até em momentos inesperados, como quando ela ia dormir à noite, quando enchia a chaleira para fazer chá. A raposa se apossava dela, era uma espécie de feitiço.

Passavam-se os meses. March ainda procurava a raposa inconscientemente quando saía no rumo da mata. O bicho já era uma entidade implantada em seu espírito, um estado permanente, incontínuo mas sempre recorrente. Ela não sabia o que sentia ou pensava: era o estado que se apossava dela, como quando a raposa a olhou.

Passaram-se os meses, chegaram as noites sombrias, e o escuro mês de novembro, quando March saía de botas de cano alto e afundava os pés na lama, quando a noite começava às 16 horas, e os dias não chegavam a amanhecer completamente. As duas moças detestavam esse tempo. Elas detestavam a escuridão quase contínua que as envolvia em sua pequena granja ao pé da mata. O medo de Banford era físico. Ela tinha medo de estranhos, tinha medo de que aparecesse alguém bisbilhotando a propriedade. March não era assim, mas detestava o incômodo, e vivia inquieta. Ela sentia desconforto e tristeza em todo o seu corpo.

Geralmente, as duas tomavam chá na sala de estar. March acendia a lareira ao escurecer e ia alimentando-a com a lenha cortada durante o dia. Logo a comprida noite se instalava escura, úmida e fechada lá fora, e solitária e opressiva do lado de dentro. Havia uma sensação de pessimismo. March gostava de ficar calada, mas Banford não conseguia. Apenas escutar o vento nos pinheiros lá fora, ou o gotejar de água, era demais para ela.

Certa noite, as duas lavaram as vasilhas do chá na cozinha. March calçou seus sapatos de casa e pegou o crochê em que trabalhava de vez em quando. Depois disso ela caiu em seu silêncio. Banford ficou olhando o fogo que, sendo de lenha, precisava de atenção constante. Ela não queria começar a ler tão cedo, com medo de que os olhos não aguentassem o esforço. Por isso ficou olhando o fogo, escutando os ruídos distantes – o gado berrando, vento soprando, o rolar abafado do trem noturno na linha não muito distante. Ela estava quase fascinada pelo brilho vermelho do fogo.

De repente as duas estremeceram e levantaram a cabeça. Ouviram passos – só podiam ser passos. Banford encolheu-se de medo. March parou, escutando. Rapidamente, ela pulou para a porta que levava à cozinha. Ao mesmo tempo, ouviram os passos se aproximando da porta dos fundos. Esperaram um segundo. A porta então abriu-se devagar. Banford soltou um grito. Uma voz de homem falou calmamente:

– Olá!

March recuou e pegou a espingarda que estava em um canto.

– O que você quer? – perguntou ela, enérgica.

A voz calma e suave disse:

– Olá! O que há?

– Eu atiro! – gritou March. – O que você quer?

– Mas o que é isso? O que há? – respondeu a voz suave, em tom tateante e quase amedrontado. E um jovem soldado, com um saco pesado às costas, avançou para a luz mortiça.

– Quem... Quem está morando aqui?

– Nós moramos aqui – disse March. – O que você quer?

– Ora! – disse o soldado em uma exclamação longa e melodiosa. – William Grenfel não mora mais aqui?

– Não. Você sabe que não.

– Eu sei? Eu sei? Eu não sei. Ele morava aqui, ele é meu avô, e também morei aqui há cinco anos. O que foi feito dele?

O homem – ou rapaz, pois não devia ter mais de 20 anos – avançou mais e ficou parado na entrada da sala. March, já sob influência de sua voz estranha, macia e bem modulada, olhava-o deslumbrada. Ele tinha um rosto corado e arredondado, o cabelo claro e comprido colado na testa pelo suor. Os olhos eram azuis e penetrantes. No rosto e em toda a pele corada, crescia um pelo claro, que dava ao rapaz um brilho suave. Ainda com o saco às costas, ele abaixou-se no portal, com a cabeça projetada para a frente, o chapéu na mão livre. Ele olhou atentamente para cada uma delas, principalmente para March, que estava pálida com os grandes olhos dilatados, e vestida sobretudo e perneiras. O cabelo estava arrumado em coque, na nuca. Ela ainda segurava a espingarda. Atrás dela estava Banford, agarrada ao braço do sofá, toda encolhida, com a cabeça meio desviada.

– Pensei que meu avô ainda morasse aqui. Teria ele morrido?

– Estamos morando aqui há três anos – disse Banford, que começava a recuperar a fala ao notar os traços juvenis da cabeça arredondada do rapaz e o cabelo comprido, molhado de suor.

– Três anos! Não é possível! E não sabem quem morava aqui antes?

– Sei que era um velho que morava sozinho.

– Então! É ele! O que aconteceu com ele?

– Morreu. Sei que morreu.

– Ora essa! Então morreu!

O rapaz ficou olhando para elas sem mudar de cor, imóvel. Se havia alguma expressão no rosto dele, além do ar de incredulidade, era a de curiosidade a respeito das duas moças; uma curiosidade aguda e impessoal, a curiosidade de uma cabeça jovem de cabelos suados.

Mas, para March, ele era a raposa. Era o projetar da cabeça para a frente? Era o brilho dos finos pelos claros no rosto corado? Ou os olhos agudos e brilhantes? Impossível saber; mas, para ela, aquele rapaz era a raposa, e ela não via nele outra coisa.

– Então você não sabia se seu avô estava vivo ou morto? – perguntou Banford, recobrando sua franqueza natural.

– Não sabia – respondeu o rapaz de voz calma. – Sabe, eu me alistei no Canadá, e fazia três ou quatro anos que eu não tinha notícia de meu avô. Eu fugi para lá.

– E agora você está voltando da França?

– Não. De Salônica.

Fez-se uma pausa, porque ninguém sabia o que dizer.

– Quer dizer que não tem para onde ir? – perguntou Banford, meio preocupada.

– Eu... Eu conheço umas pessoas na aldeia. Em último caso posso ir para o "Cisne".

– Você veio no trem, então. Quer sentar um pouco para descansar?

– Bem... Eu aceito.

O rapaz soltou um gemido ao abaixar o saco de lona. Banford olhou para March.

– Abaixe a arma – disse ela. – Vamos fazer um chá.

– É – disse o rapaz. – Já estamos fartos de ver armas.

Ele sentou-se cansado no sofá, com o corpo inclinado para a frente.

March recobrou a presença de espírito e foi para a cozinha. De lá, ela ouviu a jovem voz macia dizendo:

– Bem, voltar para casa e encontrar essa situação. – Ele não parecia triste, nem um pouco; estava surpreso e interessado.

– E como está tudo diferente – continuou ele, olhando em volta.

– Acha diferente? – perguntou Banford.

– Bem diferente.

Os olhos dele eram extraordinariamente claros e brilhantes, era um brilho que vinha do excesso de saúde.

March demorava-se na cozinha preparando outra refeição. Eram cerca de 19 horas. Todo o tempo em que esteve ocupada, ela prestava atenção no rapaz na sala; não tanto escutando o que ele dizia, mas sim sentindo as vibrações suaves da voz dele. Ela apertava cada vez mais a boca, no esforço de manter a sua vontade, acima de tudo. Mas os olhos enormes se dilatavam e brilhavam contra a vontade dela. Ela se perdia naquela presença. Depressa e descuidadamente ela preparou a refeição, cortou fatias enormes de pão com margarina, pois não havia manteiga. Vasculhou a mente pensando em alguma coisa mais para pôr na bandeja – só havia pão, margarina e geleia, e a banha era pouca. Não conseguindo mais nada, voltou à sala com a bandeja.

Ela não queria ser notada. Acima de tudo, não queria que ele a olhasse. Mas quando entrou, e se ocupou em arrumar a mesa atrás dele, ele se endireitou no sofá, voltou-se e olhou para trás. Ela empalideceu e tremeu.

O rapaz a olhava enquanto ela se inclinava sobre a mesa. Notou as pernas esbeltas e bem-feitas, o sobretudo de cinto caindo pelas coxas, o coque de cabelo escuro – e sua curiosidade, vívida e bem alerta, concentrou-se novamente nela.

O lampião tinha um para-luz verde escuro que iluminava para baixo, deixando a metade superior da sala em penumbra. O rosto do rapaz estava iluminado, mas March, recuada, ficava na penumbra.

Ela virou-se mas manteve os olhos de lado, baixando e levantando os cílios escuros. A boca desfez o aperto quando ela disse a Banford:

– Você mesmo serve?

Dizendo isso, ela voltou para a cozinha.

– Tome o chá aí mesmo – disse Banford ao rapaz – a menos que prefira tomá-lo na mesa.

– Está bom aqui. Tomo aqui mesmo, se não for abuso.

– Só temos pão e geleia – disse ela, e pôs o prato em um banquinho perto do sofá. Ela estava contente no papel de servidora. Ela gostava de companhia. E não tinha mais medo dele, era como se fossem irmãos.

– Nellie – disse ela para a cozinha – tem uma xícara para você também.

March veio da cozinha, pegou a xícara e sentou-se em um canto, longe da luz. Ela estava muito preocupada com os joelhos. Sem uma saia para cobri-los, era obrigada a expô-los quando se sentava. Ela se encolhia cada vez mais, procurando

20

não ser vista. E o rapaz, esparramado no sofá, lançava frequentes e prolongados olhares a March, até que ela sentiu vontade de desaparecer. Mas conseguiu segurar a xícara e tomar o chá, apertando os lábios e mantendo a cabeça em guarda. O desejo que ela sentia de ser invisível era tão forte que chegou a intrigar o rapaz. Ele tentava vê-la claramente, e não conseguia. Ela parecia uma sombra dentro da sombra. E os olhos dele não cansavam de procurá-la, com uma atenção fixa inconsciente.

Enquanto isso, ele conversava sem dificuldade com Banford, que adorava jogar conversa fora, pulando de um assunto para outro, como um pássaro. Enquanto, isso também ele ia comendo depressa e vorazmente, e March teve de cortar mais pão e margarina e Banford acabou pedindo desculpa a ela pelo tamanho das fatias.

– Ora – disse March, de repente – se não tem manteiga para passar no pão, para que cortar pequenas fatias bonitinhas?

Novamente o rapaz a olhou, e riu: um riso repentino e rápido de mostrar os dentes e franzir o nariz.

– É mesmo, não é? – disse ele em sua voz macia.

Ficaram sabendo que ele nascera e fora criado na Cornualha, e que aos 12 anos viera para a Granja Bailey com o avô, com quem não conseguira se dar muito bem. Por isso fugira para o Canadá, e trabalhara no distante Oeste. Agora estava ali, e era tudo.

Ele mostrou muita curiosidade pelas moças, e o desejo de saber como estavam se arranjando. Suas perguntas eram as de um jovem agricultor: objetivas, práticas, às vezes jocosas. Achou muita graça na atitude delas diante dos prejuízos, principalmente no caso das novilhas e no das galinhas.

– Afinal – disse March de repente – nós não vivemos só para trabalhar.

– Não? – perguntou ele, e novamente o riso jovem explodiu no rosto dele. O rapaz conservou os olhos fixos no vulto da mulher que estava no escuro.

– E o que vão fazer quando tiverem gastado todo o capital? – perguntou.

– Francamente não sei – respondeu March, lacônica. – Nos empregaremos como lavradoras em qualquer lugar, talvez.

– Mas acontece que agora, com o fim da guerra, não vai haver muita procura de mulheres para esse serviço – disse ele.

– Veremos. Por enquanto ainda estamos aqui, esperemos mais um pouco – disse March com uma indiferença meio triste, meio irônica.

– Vocês vão precisar de um homem aqui – disse o rapaz, mansamente.

Banford explodiu numa risada:

– Cuidado com o que diz. Nós duas nos consideramos muito eficientes.

– Ora, não se trata de eficiência – disse March em sua voz plangente. – Quem quer trabalhar na agricultura precisa trabalhar de manhã à noite, e parecer-se com um animal.

– É isso – disse o rapaz. – Vocês não estão dispostas a se entregarem a esse trabalho.

– Não estamos e sabemos disso – disse March.

– Queremos um pouco do nosso tempo para nós – explicou Banford.

O rapaz recostou-se no sofá, ele sorria abertamente, ainda que de maneira silenciosa. A franqueza das moças o divertia.

– Então, por que se meteram nisso?

– Tínhamos outra opinião a respeito de galinhas – disse March.

– Da natureza em geral, não só das galinhas – disse Banford. – Não me fale de natureza.

O rapaz deixou escapar outra gargalhada.

– Vocês não têm muito entusiasmo por vacas e galinhas, não é?

– Nenhum – disse March.

Ele riu de novo.

– Nem galinhas, nem vacas, nem cabras nem o tempo que faz aqui – disse Banford.

O rapaz soltou outra risada entrecortada, deliciada. As moças acabaram rindo também, March virando o rosto de lado e contorcendo a boca.

– Estamos pouco nos importando, não é, Nellie? – disse Banford.

– É. Estamos pouco ligando – disse March.

O rapaz estava contente. Tinha comido e bebido o suficiente. Banford passou a interrogá-lo. Ele se chamava Henry Grenfel – não, Harry não, sempre Henry. Ele ia respondendo com cortês simplicidade, grave e alegremente. March não participava da conversa, e lançava olhares compridos ao rapaz do canto onde estava, ele no sofá, as mãos nos joelhos, o rosto sob o lampião, voltado para Banford. Ela finalmente readquiriu a tranquilidade. Ele estava identificado com a raposa – e estava ali, plenamente presente. Ela já não precisava procurá-lo. Ali, em seu canto de sombra, ela se entregava a uma paz morna e descansada, quase como um sono, aceitando o encantamento que a envolvia. Mas March queria continuar escondida. Ela só ficava em completa paz quando ele a esquecia na conversa com Banford. Escondida na sombra, ela não precisava mais se dividir intimamente, procurando manter dois planos de consciência. Ela podia finalmente mergulhar no odor da raposa.

É que o rapaz, sentado diante do fogo, exalava do uniforme um leve mas sensível odor na sala, indefinível, mas que lembrava o de um animal selvagem. March não mais tentava se esquivar, apenas deixava-se ficar quieta e mansa em seu canto, como um animal passivo na toca.

Finalmente, a conversa foi morrendo. O rapaz tirou as mãos dos joelhos, endireitou-se um pouco e olhou em volta. Novamente tomou consciência da mulher, que estava meio invisível no canto.

– Bem – disse ele, a contragosto, – é melhor eu ir andando antes que fechem o "Cisne".

– Acho que já fecharam – disse Banford. – Eles lá já apanharam essa tal *influenza*.

– Será que já fecharam? – disse o rapaz, e ficou pensativo. – Bem, hei de achar algum lugar por aí.

– Você podia ficar aqui somente... – começou Banford.

Ele voltou-se para ela, a cabeça inclinada para a frente.

– Como? – perguntou.

– Bem, você compreende. Essas coisas... – disse ela meio confusa.

– Será que seria apropriado? – disse ele, também meio constrangido.

– Para nós está bem – disse Banford.

– E para mim também – disse ele com grave ingenuidade. – Afinal aqui é minha casa, de certa maneira.

Banford sorriu e disse:

– Estou pensando que o pessoal da aldeia pode falar.

Ficaram calados por um momento, depois Banford falou:

– O que você acha, Nellie?

– Por mim está bem – disse March, em seu tom claro. – Não me importo com o pessoal da aldeia.

– Claro – disse o rapaz prontamente. – O que eles poderiam dizer?

– Ora – disse March em sua voz lastima e lacônica – eles acharão qualquer coisa para dizer. Mas a mim não fará diferença. Podemos nos cuidar.

– É claro – disse o rapaz.

– Então, fique se quiser – disse Banford. – Temos um quarto desocupado.

O rosto dele brilhou de satisfação.

– Se vocês acham que não vou incomodar – disse ele com aquela cortesia mansa que lhe era peculiar.

– Incômodo nenhum – disseram as duas.

Ele olhou de uma para outra, sorrindo deliciado.

– Sorte a minha não ter de sair de novo – disse, agradecido.

– Deve ser – disse Banford.

March saiu para arrumar o quarto. Banford estava tão satisfeita como se estivesse recebendo o irmão mais novo chegado da França. Era como se ela estivesse cuidando dele, preparando seu banho, assistindo-o em tudo. Seu calor humano e sua capacidade de dedicação tinham agora um objetivo. E o rapaz se deleitava com aquelas atenções fraternos. Mas intrigava-o saber que March também trabalhava silenciosamente para ele, num silêncio curioso e completo. Parecia que ele não a tinha visto de verdade, e achava que não a reconheceria se a encontrasse na estrada.

Naquela noite March teve um sonho nítido. Sonhou que ouvia alguém cantando lá fora uma música que ela não entendia, uma música que envolvia a casa e se espalhava pelos campos e pela noite escura. A música era tão comovente que ela teve vontade de chorar. Quando saiu, ela percebeu que era a raposa cantando. Era uma raposa amarela como trigo, e lustrosa. A moça se aproximou, a raposa correu e parou de cantar. Novamente a raposa estava perto e March quis tocá-la. Esticou o braço, e o animal a mordeu no pulso, e, ao mesmo tempo em que ela recuava, a raposa virava-se ao dar um salto para fugir, roçou o rabo no rosto de March, e foi um roçar de fogo que a queimou na boca. March acordou com a dor, e ficou tremendo como se tivesse realmente se queimado.

Mas de manhã o sonho já lhe parecia uma memória distante. March levantou-se e logo se ocupou, arrumando a casa e cuidando das galinhas. Banford montou na bicicleta e foi-se para a aldeia com o objetivo de conseguir comida. Ela era uma alma hospitaleira, mas em 1918 não havia muito o que comprar em matéria de comida. O rapaz desceu para a sala vestido com uma camisa de mangas dobradas. Estava novo e descansado, mas andava com a cabeça projetada para a frente, de modo que os ombros pareciam encolhidos e arredondados, como se sofresse de curvatura da espinha. Devia ser o jeito dele, porque era jovem e forte. Ele se lavou e saiu, enquanto as moças preparavam o café.

Ele viu tudo, e examinou tudo. Sua curiosidade era versátil e insaciável. Ele comparou a situação atual com a de antes, examinando mentalmente os efeitos das mudanças. Olhou as galinhas e os patos para avaliar o estado deles; notou um bando de torcazes que passou voando, achou-os numerosos; viu as poucas maçãs nos pés, que March não tinha conseguido apanhar; percebeu que elas tinham arranjado uma bomba de alavanca, com certeza para secar a grande cisterna que havia do lado norte da casa.

– Lugarzinho maltratado esse – disse ele às moças, durante o café.

Os olhos dele eram ao mesmo tempo infantis e maduros quando pensava. Ele não falou muito, mas comeu bem. March manteve o rosto resguardado. De manhã cedo ela não podia ainda ter consciência do que ele representava, mas a mancha cáqui do uniforme não a deixava esquecer o brilho da raposa do sonho.

Durante o dia as moças se ocuparam com o trabalho. De manhã, o rapaz limpou as armas e matou um coelho e um pato selvagem que voava alto no rumo da mata. Foi uma riqueza para a despensa vazia. As moças acharam que ele já havia pagado a hospedagem. Mas ele não falou em partir. De tarde ele foi à aldeia e voltou na hora do chá, com o mesmo olhar alerta no rosto arredondado. Pendurou o chapéu num cabide com um gesto esportivo. Ele estava pensando em alguma coisa.

– Bem – disse ele às moças ao se sentar à mesa. – O que vou fazer?

– Como assim? – perguntou Banford.

– Onde vou arranjar um lugar para ficar na aldeia?

– Não sei – disse Banford. – Onde você pensa em ficar?

– Bèm – disse ele hesitante –, no "Cisne" eles estão com a *influenza*, no "Arado e Grade" estão uns soldados cortando feno para o Exército; e nas casas particulares já há dez soldados e um cabo hospedado. Não sei onde posso encontrar uma cama.

Ele deixou o assunto entregue a elas. Ele não tinha pressa. March estava com os cotovelos apoiados na mesa, as duas mãos sustentando o queixo, olhando o rapaz sem prestar atenção. De repente, ele ergueu os olhos azuis sombreados e olhou distraidamente nos olhos de March. Henry se assustou tanto quanto ela. Ele também se encolheu um pouco. March sentiu o mesmo lampejo astuto e zombeteiro saltar dos olhos do rapaz quando ele virou a cabeça, e cair na alma dela, como caíra o lampejo do olhar da raposa. Ela apertou os lábios como se estivesse sofrendo, e ao mesmo tempo como se estivesse dormindo.

– Bem, eu não sei – disse Banford relutante, como se receasse sofrer uma imposição. Ela olhou para March, mas sua vista fraca só notou a abstração costumeira no rosto da amiga. – Por que você não fala, Nellie?

March continuou calada, de olhos arregalados, e o rapaz, como se estivesse fascinado, olhava-a sem mexer os olhos.

– Vamos, diga alguma coisa – insistia Banford. March virou a cabeça um pouco de lado, como se acordasse, ou tentasse acordar.

– O que você quer que eu diga? – perguntou ela automaticamente.

– O que você achar – disse Banford.

– Para mim tanto faz – disse March.

Houve um novo intervalo de silêncio. Uma luz penetrante como agulha parecia brilhar nos olhos do rapaz.

– Para mim também – disse Banford. – Você pode ficar aqui se quiser.

Súbita e involuntariamente, um sorriso como chama travessa passou pelo rosto do rapaz. Ele baixou a cabeça depressa para esconder o sorriso, e assim ficou por algum tempo.

– Você pode ficar aqui se quiser. Fique à vontade, Henry – concluiu Banford.

Ele ainda não respondera, continuara de cabeça baixa. Finalmente, levantou o rosto. Havia em sua face uma luz curiosa, exultante, e seus olhos eram estranhamente claros ao olharem para March. Ela virou o rosto. Contorcia a boca como para estivesse ferida, e a consciência se apagando.

Banford ficou um pouco intrigada. Ela acompanhou o olhar firme e brando do rapaz dirigido para March, com o sorriso disfarçado brilhando no rosto dele. Como ele podia sorrir, se o rosto estava parado? No entanto, o sorriso estava lá, no brilho dos pelos finos do rosto. De repente, ele olhou para Banford com um olhar completamente mudado.

– Estou vendo – disse ele em sua voz macia e cortês – que vocês são muito boas. Boas demais. Eu não quero dar trabalho a vocês.

– Corte umas fatias de pão, Nellie – disse Banford, sem graça. – Não é trabalho nenhum, se você quiser ficar. Para mim seria como ter meu irmão aqui por alguns dias. Ele é um rapaz como você.

– Bondade sua – disse. – Eu gostaria muito de ficar, mas tenho medo de dar trabalho.

– Não será trabalho. Será um prazer ter alguém aqui conosco – disse Banford.

– E a Srta. March? – perguntou ele com sua voz macia, olhando para March.

– Para mim está bem – disse March vagamente.

O rosto do rapaz brilhou, e ele quase esfregou as mãos de tanto contentamento.

– Muito bem – disse ele. – Ficarei encantado se vocês deixarem que eu pague a hospedagem e que ajude no trabalho.

– Não precisa falar em pagar – disse Banford.

Passaram-se cerca de dois dias. Banford estava encantada com o rapaz. Ele tinha uma voz tenra e educada, mas não gostava de falar muito, preferia ouvir, e rir à sua maneira ágil e às vezes zombeteira. Ele ajudava de boa vontade no trabalho –

mas não muito. Gostava de sair sozinho levando a espingarda, olhando, observando. Sua curiosidade aguda e impessoal era insaciável, e ele só se sentia inteiramente livre quando estava sozinho, meio escondido, observando.

Mais do que tudo, ele observara March. Ela era uma figura estranha para ele. O físico dela o intrigava, por lembrar o de um rapaz gracioso. Os olhos negros da moça mexiam com ele por dentro, provocando-lhe um misto de excitação e calma quando ele olhava fixamente para eles, uma excitação que ele tinha medo de revelar, tão forte e secreta era. E o falar esperto e curioso da moça o fazia rir. Ele sentia que devia ir mais longe, sentia-se inevitavelmente impelido. Mas afastava qualquer pensamento sobre ela, apanhava a espingarda e saía para a orla da mata.

A escuridão vinha caindo quando ele voltou para casa, e, com ela uma fina chuva tardia de novembro. Ele viu as labaredas da lareira tremendo na janela da sala, uma luz balançando na massa escura das instalações da granja. E pensou como seria bom se tivesse aquela propriedade só para ele. De repente veio-lhe a ideia: por que não se casar com March? Ele parou no meio do campo por alguns momentos, pensando, o coelho morto pendente da mão. A mente dele esperou, deslumbrada, como se estivesse calculando, e ele sorriu curiosamente para si próprio, aprovando. Por que não? Por que não? Era uma boa ideia. E se aquilo fosse ridículo? Que importância tinha? Qual era o problema por ela ser mais velha do que ele? Não tinha nenhuma importância. Quando pensou nos olhos escuros, arregalados, vulneráveis da moça, ele sorriu sutilmente. Ele era mais velho do que ela, na verdade. Ele estava acima dela.

Ele mal admitiu a intenção ainda que para ele próprio. Era um segredo para ser guardado até dele mesmo. Por enquanto tudo estava ainda muito vago. Era preciso ver que rumo as coisas iam tomar. Isso, era preciso ver que rumo as coisas iam tomar. Se ele não tivesse cuidado, ela poderia até escarnecer da ideia. Matreiro e sutil como era, ele sabia que se chegasse a ela e dissesse francamente: "March, gosto de você e quero que se case comigo", a resposta seria na certa: "Dê o fora. Não quero saber dessas bobagens." Essa era a atitude dela com os homens e suas "bobagens". Se ele não tivesse cuidado, ela lançaria contra ele a sua zombaria selvagem, o expulsaria da granja e da mente dela para sempre. Era preciso ir devagar. Era preciso apanhá-la como se apanha um veado ou uma galinhola no mato. Ninguém entra no mato e diz ao veado: "Tenha a bondade de cair com o meu tiro." Não, é uma batalha lenta e sutil. Quando se quer mesmo derrubar um veado, reúne-se as forças, encolhe-se por dentro, e se avança secretamente para a montanha, antes do amanhecer. O que importa não é tanto o que se faz na caçada, mas como a pessoa se sente. É preciso ser delicado e esperto, e estar fatalmente pronto. No fim, fica sendo como um destino. O destino do caçador supera e determina o destino da caça. Primeiro, mesmo antes de o caçador avistar a caça, há uma estranha batalha, um hipnotismo. A alma do caçador foi colar-se à alma da caça, mesmo antes de ser avistada. E a alma da caça se esforçava para escapar. Mesmo antes dela pressentir o cheiro do caçador, essa batalha se trava. É uma batalha sutil e profunda entre as vontades, travada no invisível. E ela só termina quando a bala parte. Quando o caçador já está pronto, e a caça entra no campo de visão, o caçador não aponta e dispara, como faz quando está atirando em uma garrafa. É a vontade do caçador que leva a bala ao coração da caça. O caminho da bala é uma mera projeção do destino do caçador no destino da caça. Isso acontece como um desejo de superar, um ato supremo de volição; não é um golpe de esperteza.

Ele era um caçador no íntimo, não era um lavrador, nem um soldado inscrito em um regimento. E era como jovem caçador que ele queria derrubar March como uma caça, fazer dela sua esposa. Por isso, ele reuniu sutilmente suas forças, aparentemente se retirando para uma espécie de invisibilidade. Ele não sabia bem como agir. E March era desconfiada como uma lebre.

Assim ele continuou no papel aparente de um jovem desconhecido e simpático, que ia passar duas semanas em uma granja.

Henry estava cortando lenha para a lareira durante a tarde. A noite chegou cedo, na forma de uma neblina fria e áspera. A escuridão já dificultava a visão. Uma boa quantidade de achas curtas estava amontoada perto do cavalete. March foi apanhá-las para levar para dentro, ou para o galpão, enquanto o rapaz cortava a última tora. Ele trabalhava com suas camisas de mangas dobradas, e não a viu aproximar-se. Ela chegou relutante, como se estivesse acanhada. Ele a viu abaixar-se para pegar as achas, e parou de serrar. Uma faísca como de relâmpago desceu-lhe pelas pernas.

– March? – disse ele em sua voz calma de jovem.

Ela levantou os olhos das achas que apanhava, e disse:

– Sim?

Ele olhou para ela no escuro. Não conseguia vê-la bem.

– Quero lhe fazer uma pergunta – disse ele.

– Verdade? O que é? – A voz dela já denotava o susto, mas, mesmo assim, ela ainda era senhora de si.

– O que... – a voz dele saía macia e leve, enervando a moça – o que você pensa que é?

Ela levantou-se, pôs as mãos na cintura e ficou olhando fixamente para ele, sem responder. Novamente ele sentiu um calor súbito queimando-o.

– Bem – disse ele, numa voz tão macia que parecia mais um toque delicado, o mero toque da pata de um gato, mais um sentimento do que uma vibração sonora. – Bem, eu... eu queria pedi-la em casamento.

March sentiu mais do que ouviu. Ela procurava em vão desviar o rosto. Um grande alívio pareceu tomar conta dela. Ela continuava calada, com a cabeça levemente pendida. Ele parecia inclinar-se para ela, sorrindo invisível. Pareceu a ela que faíscas pequeninas saíam dele.

De repente ela falou:

– Não me venha com essas bobagens.

Um tremor o sacudiu. Ele errara o tiro. Esperou um momento para se recuperar. Depois falou, pondo toda a misteriosa maciez na voz, como se estivesse imperceptivelmente acariciando a moça:

– Mas não é bobagem! Não é bobagem! Falo sério. Por que você duvida de mim?

Ele a sondava. E a voz dele tinha um curioso poder sobre ela, que a fazia sentir-se descontraída e à vontade. Mas, no íntimo, March lutava por não se perder. Por um momento ela sentiu-se perdida – perdida – perdida. A palavra parecia oscilar nela como se ela estivesse morrendo.

– Você não sabe o que está dizendo – disse ela com um tom passageiro, de azedume. – Que bobagem! Tenho idade para ser sua mãe.

– Eu sei o que estou dizendo. Eu sei – insistiu ele mansamente, como se a voz dele estivesse saindo do sangue da moça. – Sei muito bem o que estou dizendo. Você não tem idade para ser minha mãe. Não é verdade. E que importância teria, se tivesse? Você pode se casar comigo seja lá qual for a nossa idade. De que me interessa a idade? E de que lhe interessa a idade? Não significa nada.

Quando ele concluiu, ela sentiu-se tonta. Ele falou depressa, na rápida maneira da Cornualha, e a voz dele parecia alcançá-la onde ela era mais vulnerável. "Idade não significa nada." A insistência macia e firme fez a moça vacilar levemente no escuro. Ela não conseguiu responder.

Uma grande exultação percorreu-o como fogo. Ele teve a sensação de vitória.

– Quero me casar com você. Por que não posso? – continuou ele, macio e ágil, e esperou que ela respondesse. No escuro ele a viu quase fosforescente. As pálpebras dela estavam cerradas, o rosto, um pouco desviado e passivo. Ela parecia

32

estar sob a influência dele. No entanto ele esperava, atento. Ainda não se arriscara a tocá-la.

– Diga – pediu ele – diga que você se casa comigo. Diga!

– O quê? – disse ela de longe, debilmente, como se estivesse sofrendo.

A voz dele estava agora alarmantemente perto, e macia. Ele se aproximou dela.

– Diga que sim.

– Não posso – suspirou ela desamparada, semiadormecida, como se sofresse, como se estivesse morrendo. – Como poderia?

– Você pode – disse ele de maneira tensa, pondo a mão levemente no ombro dela, enquanto ela continuava com a cabeça resguardada e pendida. – Você pode. Está claro que pode. Por que você diz que não pode? Você pode. – E com terrível leveza ele inclinou-se para a frente e apenas roçou a boca e o queixo no pescoço dela.

– Não! – gritou ela, com um grito pálido e insano, meio histérico, enquanto ela se afastava e a olhava de frente. – O que você está dizendo? – Mas faltou-lhe o fôlego para falar. Era como se a estivessem matando.

– Estou dizendo o que disse – insistiu ele, suave e cruel. – Quero que se case comigo. Quero que se case comigo. Agora você sabe, não sabe? Não sabe? Não sabe?

– O quê?

– Você sabe.

– Sei o que você diz.

– E sabe o que eu sinto.

– Sei o que você diz.

– Acredita em mim?

Ela demorou a responder. Depois apertou os lábios e falou:

– Não sei em que acreditar.

– Você está aí? – Era a voz de Banford, falando de dentro da casa.

– Estamos. Vamos levar a lenha – respondeu o rapaz.

– Pensei que tivesse se perdido – disse Banford, desconsolada. – Venha depressa, vamos tomar chá. A chaleira está fervendo.

Ele abaixou-se depressa para apanhar uma braçada de achas pequenas e levá-las para a cozinha, onde foram empilhadas em um canto. March também ajudou, apanhando uma braçada e levando-a amparada no peito, como se fosse uma criança pesada. A noite chegara fria.

Quando toda a lenha estava recolhida, os dois limparam as botas ruidosamente no raspador da porta, depois as esfregaram no capacho. March fechou a porta e tirou o velho chapéu de feltro – seu chapéu de camponesa. O volumoso cabelo negro ficou solto, emoldurando o rosto pálido e cansado. Ela empurrou-o para trás descuidadamente e lavou as mãos. Banford entrou correndo na cozinha mal iluminada para tirar do forno os bolinhos que estava aquecendo.

– O que foi que você esteve fazendo todo esse tempo? – perguntou, zangada. – Pensei que não fosse mais entrar. E faz tempo que você parou de serrar. O que estava fazendo lá fora?

– Estávamos tapando aquele buraco de ratos no galpão – disse Henry.

– Ora, eu vi você parado no celeiro. Distingui bem a sua camisa – disse Banford, desafiadora.

– É, eu estava guardando a serra.

Sentaram-se para o chá. March estava muda, o rosto pálido, cansado e ausente. O rapaz, que sempre mostrara o mesmo ar corado e comedido, como se estivesse se guardando, sentara-se de camisa, como se estivesse em casa. Curvado sobre o prato, ele comia calado.

– Não está com frio? – perguntou Banford malevolamente. – Assim, só com essa camisa.

O rapaz levantou os olhos para ela, uns olhos claros e macios, e olhou-a fixamente.

– Não, não estou com frio – disse, com sua cortesia costumeira. – Aqui dentro não está tão frio como lá fora.

– Espero que não esteja – disse Banford, sentindo-se nervosa. Ele tinha uma segurança enigmática e suave, e um olhar limpo que a irritava aquela noite.

– Talvez – disse ele – você não goste que eu me sente para o chá sem o meu casaco. Eu me esqueci.

– Ora, não me importo – disse Banford, apesar de se importar.

– Vou buscá-lo, está bem? – disse ele.

Os olhos escuros de March voltaram-se lentamente para ele.

– Não se incomode – disse ela em seu curioso tom plangente. – Se você se sente bem assim, fique como está. – Ela falou com rude autoridade.

– É. Eu me sinto bem – disse ele. – Se é que não estou sendo grosseiro.

– Geralmente isso é considerado grosseiro – disse Banford – mas nós não ligamos.

– Considerado grosseiro – disse March ríspida. – Quem considera grosseiro?

– Você, Nellie, quando se trata de outra pessoa – disse Banford, contendo-se atrás dos óculos e sentindo a comida endurecer na garganta.

March já estava novamente distante e desligada, mastigando a comida como se não soubesse que estava comendo. O rapaz olhava de uma para outra com olhos brilhantes e atentos.

Banford sentiu-se ofendida. Apesar de toda a sua cortesia e suavidade, o rapaz pareceu-lhe atrevido. Ela não queria olhar para ele, não queria encontrar seus olhos claros e atentos, não queria ver o brilho estranho de seu rosto, as faces de pelo fino, a pele corada de um tom até monótono, mas que parecia queimar com um estranho calor de vida. Ela sentia-se mal em olhá-lo. A presença física dele era muito penetrante, muito quente.

Depois do chá, a noite foi bem calma. O rapaz raramente ia à aldeia. Geralmente ele lia: era um grande leitor, à sua maneira. Quando começava, lia absortamente. Mas não tinha muita vontade de começar. Preferia andar pelos campos e ao longo das cercas, sozinho, no escuro da noite, vagando, levado por um curioso instinto da escuridão, escutando os ruídos rurais.

Aquela noite, porém, ele pegou um livro de Mayne Reid da estante de Banford e sentou-se com ele de pernas abertas, se afundando na história. Seus compridos cabelos claros cobriam-lhe a cabeça como um boné grosso, os lados caídos. Ele ainda estava só com a camisa de botão em mangas de camisa, inclinado para a frente sob o lampião, os joelhos bem afastados e o livro na mão, todo ele absorto no trabalho extenuante de ler, dando à sala de estar de Banford a aparência de um acampamento de lenhadores. Ela não gostava disso porque no chão havia um tapete turco vermelho e um outro circular, a lareira tinha ladrilhos verdes, o piano estava aberto, com a mais recente partitura de dança (Banford tocava bem), e na parede estavam os cisnes e os lírios pintados por ela. Além disso, com as achas queimando bem, as grossas cortinas fechadas, as portas trancadas, os pinheiros sibilando e tremendo ao vento lá fora, a sala estava acolhedora e refinada. Banford não estava gostando de ver o rapaz grandalhão, de pernas compridas, sentado ali com o uniforme cáqui esticado nos joelhos, a camisa de mangas curtas mostrando os grossos braços vermelhos. De vez em quando ele virava uma página, e, de repente, lançava um olhar para o fogo. Então arrumava as achas. Depois voltava ao absorvente trabalho da leitura.

March, no extremo mais afastado da mesa, fazia o seu crochê intermitente; a boca estava apertada de modo estranho, como no sonho em que a cauda da raposa a queimara, o bonito cabelo negro estava caído em mechas. Mas toda ela estava absorta em si mesma, como se andasse longe dali. Numa espécie de semissonho ela parecia estar ouvindo a raposa cantando em volta da casa, no vento, cantando feroz e docemente como se fosse uma loucura. Com suas mãos coradas e bem-feitas, ela crochetava a linha branca, lentamente, sem muita técnica.

Banford também tentava ler, sentada em sua cadeira baixa. Mas, entre os outros dois, ela se sentia nervosa e inquieta, olhava em volta frequentemente, escutava o vento, olhava disfarçadamente de um para outro dos companheiros. March, sentada numa cadeira comum, com os joelhos cruzados, cobertos pelos culotes justos, e crochetando vagarosamente, laboriosamente, também se afligia.

– Puxa vida! – disse Banford. – Meus olhos estão ruins hoje. – Ela apertou os olhos com os dedos.

O rapaz ergueu para ela o seu olhar claro e brilhante, mas não falou.

– Estão, Jill? – disse March distraída.

O rapaz voltou à leitura, e Banford também. Mas a moça não conseguia se acalmar. Um momento depois ela olhou para March, e notou no rosto da amiga um sorriso estranho, quase maligno.

– Um *penny* por eles, Nellie – disse ela.

March olhou em volta com seus grandes olhos negros assustados, e empalideceu como se estivesse aterrorizada. Ela estivera ouvindo a raposa cantar tão terna, tão terna, dando voltas ao redor da casa.

– O quê? – disse ela vagamente.

– Um *penny* por seus pensamentos – disse Banford sarcástica. – Ou dois, se são tão importantes.

O rapaz observava com seus olhos claros escondidos debaixo do lampião.

– Ora, por que você vai querer gastar seu dinheiro? – falou a voz incerta de March.

– Acho que ficaria bem empregado – respondeu Banford.

– Eu não estava pensando em nada, a não ser no barulho do vento – disse March.

– Puxa vida, isso eu também podia pensar – disse Banford. – Acho que desta vez perdi o meu dinheiro.

– Não precisa pagar – disse March.

O rapaz riu repentinamente. As duas moças o olharam. March o fitava com surpresa, como se não soubesse que ele estava ali.

– Vocês costumam pagar nessas ocasiões? – perguntou ele.

37

– Claro. Sempre pagamos – disse Banford. – Às vezes pago até um xelim por semana a Nellie no inverno. No verão fica mais barato.

– Verdade? Pagam pelos pensamentos da outra?

– É. Quando não temos mais nada para fazer.

Ele riu, franzindo o nariz como um cachorrinho, os olhos brilhando de prazer.

– É a primeira vez que escuto isso.

– Você se cansaria de escutar isso se passasse um inverno inteiro aqui – disse Banford, lamentosa.

– Vocês se cansam tanto assim?

– Nós nos aborrecemos – disse Banford.

– Ora essa! – disse ele em um tom grave. – Por que se aborrecem?

– Por que não deveríamos?

– Lamento saber disso.

– É de lamentar mesmo, se você esperava se divertir aqui – disse Banford.

Ele olhou-a demoradamente, gravemente. Depois disse:

– Bem, estou me divertindo – disse Henry, com sua estranha e jovial seriedade.

– Gosto de saber – disse Banford, e voltou à leitura.

Seus cabelos finos e sedosos já mostravam alguns fios acinzentados, apesar de não ter ela completado 30 anos ainda. O rapaz não baixou os olhos, mas voltou-os para March, que continuava trabalhando em seu crochê, com a boca apertada, os olhos arregalados e ausentes. Sua pele era quente, pálida e fina, e o nariz delicado. A boca apertada parecia enérgica. Mas o ar enérgico era contrariado pelo curioso arqueado das sobrancelhas escuras, e pelo arregalado dos olhos, que lhe dava um aspecto de espanto e alheamento. Ela voltara a escutar a raposa, que parecia andar longe na noite.

De seu lugar sob o lampião o rapaz olhava e observava em silêncio, os olhos redondos muito claros e interessados.

Banford, mordendo os dedos irritada, olhava-o por baixo do cabelo. Ele continuava imóvel, o rosto rosado ligeiramente erguido na divisa da sombra, olhando com interesse, concentrado. De repente, March levantou os olhos do crochê e viu o rapaz. Ela se assustou, e soltou uma exclamação abafada.

– Ela está ali! – gritou March involuntariamente.

Banford olhou em volta assustada, o corpo esticado na cadeira.

– O que você tem, Nellie? – perguntou ela.

March, com o rosto levemente ruborizado, olhava na direção da porta.

– Nada! Nada! Não se pode falar?

– Pode, mas fale com clareza – disse Banford. – O que você queria dizer?

– Nem eu mesma sei – disse March, tateando.

– Oh, Nellie, não me diga que você também está ficando nervosa. Eu acho que não aguentaria mais. A quem você se referia? A Henry?

– Acho que era – disse March, lacônica. Ela jamais falaria sobre a raposa.

– Puxa vida, meus nervos estão nas últimas hoje – disse Banford.

Às 21 horas March trouxe uma bandeja com pão, queijo e chá. Henry dissera que gostaria de tomar uma xícara. Banford bebeu um copo de leite com uma fatia de pão. Quando acabou, disse:

– Vou me deitar, Nellie. Estou muito nervosa hoje. Você vem?

– Vou, sim. É só o tempo de guardar a bandeja – disse March.

– Então não demore – retrucou Banford, meio autoritária. – Boa noite, Henry. Se você sair por último, cuide do fogo, sim?

– Claro, Srta. Banford. Pode deixar.

March acendeu a vela para ir à cozinha. Banford apanhou outra vela e subiu para o quarto. Quando voltou à lareira, March disse ao rapaz:

– Podemos contar com você para apagar o fogo? – perguntou, e ficou parada com a mão na cintura, apoiada em uma perna, a cabeça meio de lado, tímida, como se ela não tivesse coragem de olhá-lo de frente. Ele estava com o rosto levantado, olhando-a.

– Sente-se um pouco – disse ele ternamente.

– Não. Preciso subir. Jill está esperando e fica zangada se eu me demorar.

– O que foi que a assustou aquela hora?

– Eu me assustei?

– Então não? Ainda há pouco. Quando você gritou.

– Ora! Aquilo! Pensei que você fosse a raposa. – O rosto dela abriu-se em um sorriso estranho, meio irônico.

– A raposa! Por que a raposa? – perguntou ele mansamente.

– Uma noite, no verão passado, quando saí com a espingarda, vi a raposa no capim quase a meus pés, olhando para mim. Não sei... Acho que ela me impressionou muito. – Ela virou o rosto de novo e deixou um pé escorregar um pouco bambo, talvez por acanhamento.

– E você atirou nela? – perguntou Henry.

– Não. Ela me assustou tanto, olhando abertamente para mim, depois parando e olhando para trás, parece que rindo.

– Rindo! – repetiu Henry rindo também. – Ela assustou você?

– Não, ela não me assustou. Fiquei impressionada, só isso.

– E você pensou que eu fosse a raposa? – Ele soltou a mesma gargalhada estranha e curta, como um cachorrinho franzindo o nariz.

– Pensei, naquele momento. Talvez eu estivesse preocupada com ela, sem saber.

– Mas você não está pensando que eu vim furtar suas galinhas – disse ele com o mesmo riso jovial.

Ela apenas o olhou, com os grandes olhos escuros e vagos.

– É a primeira vez que sou confundido com uma raposa – disse ele. – Não quer se sentar um pouco? – A voz dele era macia e acariciante.

40

– Não. Jill está esperando. – Mas continuava ali, com um pé frouxo e o rosto virado de lado, bem na divisa do círculo de luz.

– Nem vai responder a minha pergunta? – disse ele, baixando ainda mais a voz.

– Não sei de que pergunta está falando.

– Sabe sim. É claro que sabe. Eu perguntei se você queria se casar comigo.

– Não vou responder – disse ela, taxativa.

– Não vai? – O riso estranho e jovem franziu-lhe novamente o nariz. – Será porque me pareço com a raposa? É isso? – O riso continuava.

Ela voltou-se e olhou-o, demoradamente.

– Não vou deixar que isso ponha você contra mim – disse ele. – Agora eu vou baixar um pouco a luz, e você vai se sentar comigo um minuto.

Ele pôs a mão vermelha sob o foco de luz, e imediatamente a claridade diminuiu. March ficou parada na penumbra, imóvel. Ele levantou um silêncio, e quando falou foi com uma voz extraordinariamente suave e sugestiva, quase um sussurro.

– Você vai ficar um pouco – disse ele – só um pouco – e pôs a mão no ombro dela. March desviou o rosto. – Você não pensa que eu sou como a raposa – disse ele, com a mesma candura na voz, acompanhada de uma sugestão de riso, uma zombaria sutil. – Não acredito que você pense isso. – Ele puxou-a delicadamente para si e beijou-a no pescoço. Ela encolheu-se, tremeu e quis desvencilhar-se dele, mas o braço jovem e forte a prendia. Ele beijou-a delicadamente de novo, ainda no pescoço porque o rosto dela estava escondido.

– Por que não responde minha pergunta? Por que não responde agora? – falava ele em sua voz macia e calma. Ele tentava puxá-la para beijá-la no rosto, enquanto a acariciava perto da orelha.

Nesse momento a voz de Banford chamou-a irritada, lá de cima.

– É Jill! – gritou March, estremecendo e endireitando-se.

Mesmo assim, rápido como um relâmpago, ele a beijou na boca, um beijo rápido e atrevido. Esse contato furtivo pareceu queimá-la fundo. Ela soltou um grito rápido.

– Você aceita, não aceita? – insistiu ele, suavemente.

– Nellie! *Nellie!* Por que está demorando tanto? – gritou Banford, lá do escuro.

Mas o rapaz segurava March, e murmurava com uma intolerável suavidade e insistência:

– Você aceita, não aceita? Diga que sim. Diga que sim.

March, que sentia seu corpo ceder por dentro, e não podendo fazer mais nada, murmurou:

– Sim! Sim! Tudo o que você quiser! Mas me solte! Me solte! Jill está chamando!

– Lembre-se de que você prometeu – disse ele insidioso.

– Eu sei, eu sei. – A voz dela alcançou a intensidade de um grito. – Já vou, Jill.

Alarmado, ele a soltou, e ela subiu imediatamente.

De manhã, ao café, depois de ter dado uma olhada pela granja, de tratar das aves e de pensar intimamente que ele poderia ter uma vida cômoda ali, o rapaz disse a Banford:

– Sabe de uma coisa, Srta. Banford?

– O quê? – perguntou ela bem-humorada.

O rapaz olhou para March, que passava geleia no pão.

– Digo a ela? – perguntou ele.

Ela ergueu os olhos para Henry, e um rubor profundo tingiu-lhe o rosto.

– Sim, para Jill pode. Mas espero que não saia dizendo a todo mundo na aldeia – disse March, e engoliu o pão seco com dificuldade.

– O que está acontecendo? – perguntou Banford, erguendo os grandes olhos cansados, ligeiramente avermelhados. Era uma criaturinha magra e franzina. O cabelo cortado, fino e delicado, caía-lhe pelo rosto fatigado em tons castanhos desmaiados.

42

– O que você acha que é? – perguntou ele, sorrindo como quem guarda um segredo.

– Como vou saber?

– Adivinhe – disse ele, fazendo uma careta e sorrindo, satisfeito consigo mesmo.

– Não faço ideia. E, além disso, nem vou tentar.

– Nellie e eu vamos nos casar.

Banford soltou a faca dos dedos finos e delicados, como se não quisesse mais utilizá-la, e ficou olhando com os olhos vermelhos e parados.

Vocês o quê?

– Vamos nos casar. Não vamos, Nellie?

– Você está dizendo – respondeu March, lacônica. Mas novamente se ruborizou. Ela também não podia mais engolir.

Banford olhou para ela como um pássaro que acaba de ser ferido – um pobre pássaro doente. Ela ficou olhando para a amiga, mostrando no rosto toda a alma ferida, enquanto March se ruborizava mais ainda.

– Jamais! – exclamou ela em desespero.

– Está acertado – disse o esperto e maligno rapaz.

Banford virou o rosto, como se a visão da comida na mesa a enjoasse. Ficou assim por alguns momentos, como se não estivesse bem. Depois levantou-se, com uma mão na borda da mesa.

– Não acredito, Nellie. É absolutamente impossível! – exclamou.

O tom implorativo e irritado tinha também um traço de ira e desespero.

– Por quê? Por que não acredita? – perguntou o rapaz impertinentemente, em sua voz aveludada.

Banford olhou-o com os enormes olhos vagos, como se olhasse um objeto de museu.

– Ora – respondeu ela, lânguida – porque March não é tão idiota assim. Ela não pode perder o amor-próprio a esse ponto.

– A voz de Banford era fria e lastimosa.

– Em que sentido ela perderia o amor-próprio? – perguntou o rapaz.

Banford olhou-o com uma vaga fixidez atrás dos óculos.

– Se é que já não o perdeu – disse ela.

Ele ficou muito vermelho, ficou escarlate, diante do olhar que o fitava detrás dos óculos.

– Não entendo – disse ele.

– Talvez não. Não espero que você entenda – disse Banford com aquele tom suave de alheamento que dava a suas palavras um sentido ainda mais insultante.

Sentado duramente em sua cadeira, ele olhava Banford com os olhos azuis ferventes no rosto escarlate. De repente, uma sombra feia passou-lhe pelo rosto.

– Puxa vida, ela não sabe para onde está indo – disse Banford em sua voz lamentosa e insultante.

– E o que você tem a ver com isso, afinal? – perguntou o rapaz, irritado.

– Tenho mais do que você, provavelmente – respondeu Banford, com um pouco de veneno na voz lamentosa.

– É assim? Não entendo.

– Não entende mesmo.

– E sabem de uma coisa? – disse March empurrando o cabelo para trás e levantando-se desajeitadamente. – Não vale a pena discutir esse assunto. – Ela apanhou o pão e o bule e saiu para a cozinha.

Banford passou os dedos pela testa e pelo cabelo, sem saber o que fazer. De repente, virou-se e subiu.

Henry continuou sentado duro e emburrado, olhando o fogo. March entrou na sala e saiu, limpando a mesa. Mas Henry continuava sentado, com raiva, sem perceber a presença de March. Ela recobrara a compostura e o aspecto sadio do rosto. Mas a boca estava apertada. Cada vez que vinha apanhar alguma coisa na mesa ela olhava para o rapaz com seus grandes olhos curiosos, mais por curiosidade do que por qualquer outro sentimento. Um rapaz muito alto e corado, era só o que ela notava. Ela o via tão distante como se o rosto corado dele fosse o cano vermelho de uma chaminé do outro lado dos campos, e ela o olhava com a mesma objetividade de quem vê algo a distância.

Finalmente, ele se levantou e saiu pelo campo, levando a espingarda. Voltou à hora da refeição, com o rosto ainda fechado, porém mais manso em suas maneiras, chegando a ser cortês. Ninguém disse nada em particular, sentaram-se em triângulo, em obstinado alheamento. À tardinha ele saiu novamente com a espingarda. Voltou ao anoitecer, trazendo um coelho e um pombo. Não saiu mais de casa pelo resto da noite, mas quase não abriu a boca. Estava profundamente zangado, sentindo-se ofendido.

Os olhos de Banford estavam vermelhos, sinal de que andara chorando. Mas suas atitudes eram mais remotas e desdenhosas do que nunca; seu modo de virar a cabeça quando por acaso ele falava, como se Henry fosse um pedinte ou um intruso, enchendo de raiva os olhos azuis do rapaz. Com isso, ele ia ficando cada vez mais emburrado. Mas jamais abandonava sua entonação cortês nas raras vezes em que abria a boca.

March parecia florescer nessa atmosfera. Sentada entre os dois antagonistas, com um sorriso maldoso no rosto, ela parecia se divertir. Havia até certa complacência na sua maneira de crochetar aquela noite.

Quando já estava deitado, o rapaz ouviu as moças conversando e discutindo no quarto. Ele sentou-se na cama e apurou os ouvidos para captar o que diziam. No entanto, distinguiu, as vozes vinham de longe. Mas ouvia a voz macia e chorosa de Banford, e a fala mais firme de March.

A noite era silenciosa e fria. Estrelas enormes brilhavam alto, por cima das copas dos pinheiros. Ele escutava. Ao longe, ouviu uma raposa aulindo, e os cães das granjas latindo em resposta. Mas não era isso que ele queria ouvir. Ele queria saber o que diziam as duas moças.

O rapaz levantou-se furtivamente e ficou em pé diante da porta. Ainda não distinguia as palavras. Muito vagarosamente ele foi levantando o trinco. Depois de algum tempo conseguiu abrir a porta, e passou furtivamente para o corredor. Sentiu as velhas tábuas de carvalho frias sob os pés. Elas estalaram ruidosamente ao peso dele. Foi subindo de mansinho os degraus até chegar à porta das moças. Então, prendeu a respiração e escutou. Banford falava:

– Não. Simplesmente não posso aceitar. Eu morreria em um mês. E é justamente o que ele quer, naturalmente. É o jogo dele, manobrar para me ver no cemitério. Não, Nellie, se você pretende mesmo se casar com ele, não pode continuar aqui. Eu não poderia viver na mesma casa com ele. O cheiro das roupas dele me faz mal. E aquele rosto vermelho simplesmente me causa enjoo. Não consigo comer quando ele está à mesa. Como fui idiota em deixá-lo ficar. Jamais deve querer fazer uma boa ação. Ela sempre volta a atingir a gente, como um bumerangue.

– Ele só tem mais dois dias – disse March.

– Graças a Deus. E quando ele for embora, jamais voltará a entrar nesta casa. Sinto-me tão mal quando ele está aqui. Eu sei, eu sei que ele está apenas sondando a respeito do que pode tirar de você. Eu sei que é isso. Ele é um imprestável, não quer trabalhar e pensa que pode viver às nossas custas. Mas não viverá às minhas custas. Se você é tão boba assim, o problema é seu. A Dra. Burgess o conheceu quando ele vivia aqui. O velho jamais conseguiu que ele trabalhasse. Ele gostava apenas de sair com a espingarda, como faz agora. Não gosto disso. Você não sabe o que está fazendo, Nellie, não sabe. Se você se casar com ele, vai fazer papel de trouxa. Ele vai embora e deixar você em apuros. Isso é o que vai acontecer, se ele não puder tirar a granja de nós. E não vai conseguir, enquanto eu viver. Enquanto eu viver ele não vai voltar a pôr os pés aqui. Sei o que aconteceria. Ele logo pensaria que é o dono de nós duas, como já pensa que é dono de você.

– Mas não é – disse Nellie.

– Ele pensa que é. É isso o que ele quer: mandar aqui. Imagine! Foi por isso que arrumamos esta propriedade, para sermos mandadas e espezinhadas por um detestável rapaz de rosto vermelho, um lavrador rude? Foi um erro nosso tê-lo deixado ficar. Não devíamos ter-nos rebaixado tanto. E eu lutei tanto com o pessoal daqui, para não descer ao nível deles. Não, ele não vai ficar aqui. E se não conseguir a granja, ele foge para o Canadá, ou para algum outro lugar, como se nunca tivesse conhecido você. E você ficará aqui, desmoralizada e humilhada. Sei que jamais voltarei a ter paz de espírito.

Diremos a ele que ele não pode ficar. Nós duas diremos – disse March.

– Pode deixar. Eu digo isso a ele. E outras coisas também. Ele não vai fazer o que quer, enquanto eu tiver forças para falar. Oh, Nellie, ele vai desprezar você, ele vai desprezar você, o imprestável, se você der trela a ele. Não tenho confiança nele, como não confio em um gato ladrão. Ele é esperto, muito esperto. E mandão. E completamente egoísta, frio como gelo. O que ele quer é usar você. E quando você não interessar mais a ele, então pobre de você.

– Não acho que ele seja tão mau assim – disse March.

– Não, porque ele está tirando proveito de você. Mas você vai descobrir, se conhecê-lo melhor. Oh, Nellie, não posso nem pensar.

– Você não vai sofrer, Jill querida.

– Não vou? Não vou? Jamais terei um momento de paz enquanto viver, nem terei um minuto de felicidade. Não, Nellie... – E Banford começou a chorar amargamente.

O rapaz ouvia os soluços abafados, e a voz terna e grave de March confortando a amiga com delicadeza e ternura.

Os olhos dele estavam tão redondos e abertos que parecia que ele via a noite inteira, e os ouvidos quase que saltavam de sua cabeça. Duro de frio, ele voltou devagarzinho para a cama, mas com a sensação de que o topo da cabeça ia estourar. Não conseguia dormir. Não conseguia se acalmar. Levantou-se, vestiu-se em silêncio e voltou ao corredor. As moças estavam caladas. Ele desceu de mansinho e foi para a cozinha.

Henry calçou as botas, vestiu o sobretudo e pegou a espingarda. Não pensou em ir embora da granja. Não, apenas pegou a espingarda. Quase sem fazer barulho ele destrancou a porta e saiu para a noite gelada de dezembro. O ar parado, as estrelas brilhando, os pinheiros sussurrando no alto. O rapaz desceu furtivamente ao longo de uma cerca, procurando alguma coisa para matar. Ao mesmo tempo, lembrou-se de que não devia atirar para não assustar as moças. Ele vagou pela orla do capão de tojos, atravessou as fileiras de altos avezinhos e tomou o rumo da mata. Então contornou a cerca, tentando enxergar na escuridão com os olhos dilatados, que pareciam ficar negros e adquirir acuidade no escuro, como os de um gato. Uma coruja piava lenta e tristemente em volta de um enorme carvalho. Ele avançou sorrateiro com a arma, escutando e observando.

Quando parou debaixo dos carvalhos da orla do mato, ele ouviu os cães da granja vizinha uivarem subitamente, assustados, e logo houve as respostas dos cães das outras granjas ao redor. De repente, pareceu-lhe que a Inglaterra era pequena e compacta, com a paisagem espremida até no escuro. Pensou também que havia cachorros demais na noite, fazendo barulho como uma cerca de latidos, como o entrelaçado de cercas inglesas que vedam a vista. Ele sentiu que a raposa estava perdida. Porque devia ser a raposa que causara toda aquela barulheira.

Por que não ir atrás dela, então? Com toda a certeza ela andaria por ali, farejando. O rapaz desceu para o matinho escuro de pinheiros. No ângulo do comprido galpão ele se agachou, no escuro. Henry sabia que a raposa viria. Parecia-lhe que aquela era a última raposa em toda a Inglaterra barulhenta, apertada de casas pequeninas.

Ele ficou sentado por muito tempo, os olhos pregados na porteira aberta, iluminada palidamente pelas estrelas ou pelo horizonte, quem sabe. Ficou sentado em um tronco em um canto escuro, com a arma nos joelhos. Os pinheiros vergavam ao vento. Uma galinha caiu do poleiro no galpão, cacarejando escandalosamente, assustando-o. Ele se levantou, olhando em volta, pensando que fosse algum rato. Mas no íntimo ele sabia que não era nada, e sentou-se de novo com a arma nos joelhos, as mãos fechadas para se aquecerem, os olhos fixos no pálido vulto da porteira. Ele sentia o cheiro morno e desagradável das galinhas no ar frio.

De repente, uma sombra. Uma sombra resvalando na porteira. Ele apertou os olhos, concentrou o olhar e viu o vulto da raposa rastejando pelo vão da porteira. Rastejando no chão sobre o ventre, como cobra. O rapaz sorriu intimamente, e levou a arma até os ombros. Sabia muito bem o que ia acontecer. Sabia que a raposa iria para a porta fechada do galinheiro, e ficaria lá farejando. Sabia que ela permanecia lá por um minuto, farejando as galinhas lá dentro. Depois passaria a rodear o velho galpão, procurando um jeito de entrar.

A porta do galinheiro ficava no alto de uma rampa leve. Suave como uma sombra, a raposa subiu a rampa e colou o focinho às tábuas. No mesmo instante ouviu-se o estrondo horrendo de uma arma ecoando entre as construções da granja, como se a noite se partisse em cacos. O rapaz olhava atento, e chegou a ver a barriga branca da raposa quando ela esperneava em agonia. Ele caminhou até onde estava o animal.

Houve uma barulheira generalizada. As galinhas gritavam enlouquecidas, os patos faziam coro, o pônei levantou-se de um salto. Mas a raposa estava deitada de lado, agonizando em seus últimos tremores. O rapaz abaixou-se sobre ela e cheirou-a.

Ouviu-se o barulho de uma janela se abrindo na casa, e a voz de March gritando:

– Quem é?

– Sou eu – disse Henry. – Atirei na raposa.

– Puxa vida! Você quase nos mata de susto.

– Verdade? Sinto muito.

– Por que você se levantou?

– Ouvi a raposa aí perto.

– Você a matou?

– Matei. Veja – e ergueu o animal morto, ainda quente. – Não dá para ver, dá? Espere um pouco. – Tirou a lanterna do bolso e, com ela, iluminou o animal pendurado pela cauda. No meio da escuridão, March viu o penacho avermelhado, a barriga branca, os pelos igualmente brancos da parte inferior do focinho, e as patas pendentes, inertes. A moça ficou sem saber o que dizer.

– Não é bonita? Daria uma pele linda para você – disse ele.

– Você jamais me verá usando uma pele de raposa – disse ela.

Ele deu de ombros e apagou a lanterna.

– Você não acha que deve entrar e voltar para a cama? – disse ela.

– Acho que sim. Que horas são?

– Que horas são, Jill? – perguntou March. Faltavam quinze minutos para uma hora da manhã.

Naquela noite March teve outro sonho. Sonhou que Banford tinha morrido, e que ela, March, estava inconsolável. Ela precisava pôr Banford no caixão. O caixão era o tosco caixote de madeira onde elas guardavam a lenha cortada na cozinha. Esse era o caixão, não havia outro, e March procurava desesperadamente alguma coisa com que forrar o caixote, alguma coisa para amaciar a aspereza das tábuas, e alguma coisa para cobrir o corpo da amiga morta. Ela não podia deitar a amiga naquela caixa grosseira, vestida apenas com sua fina camisola de dormir. Ela procurava e procurava, apanhava uma coisa e outra e nada servia na frustração do sonho. E, no desespero onírico, o que ela encontrou de melhor foi uma pele de raposa. Ela sabia que a pele não ficava bem, que ela não devia fazer aquilo com a amiga. Mas era só o que havia. Ela dobrou o rabo da raposa e deitou a cabeça da boa Jill sobre ele, depois dobrou a pele de modo a cobrir com ela o corpo, uma cobertura avermelhada como fogo. Depois chorou, chorou, e acordou com lágrimas no rosto.

A primeira coisa que ela e Banford fizeram de manhã foi sair para ver a raposa. Henry a pendurara pelos pés traseiros no galpão, o rabo morto caído para trás. Era uma bela raposa macho no esplendor da idade, com um bonito pelame grosso de inverno, de colorido vermelho dourado, mudando para cinzento na parte de baixo. Tinha a barriga branca, e uma cauda rica de pelos, a ponta chamuscada de preto, cinza e branco puro.

– Pobre bicho! – disse Banford. – Se não fosse o ladrão que era, seria o caso de se lamentar.

March não disse nada, mas ficou apoiada numa perna, o pé descansado apontando para fora. O rosto estava pálido, e os enormes olhos escuros observavam o animal morto, suspenso de cabeça para baixo. A barriga branca e macia como neve. Ela passava a mão delicadamente pelo pelame do ventre. E o bonito rabo chamuscado era cheio e fazia cócegas, lindo. Ela passou a mão por ele também, e estremeceu. Várias vezes tomou todo o volume da cauda entre os dedos e correu a mão lentamente para baixo. Possuía um pelo lindo, macio, grosso, maravilhoso. Agora o animal estava morto. Ela apertou os lábios, os olhos escureceram, o olhar adquiriu uma profundidade vaga. Ela tomou entre as mãos a cabeça da raposa.

Henry estava rodeando por perto, por isso Banford afastou-se acintosamente. March continuava ali deslumbrada, com a cabeça da raposa nas mãos. Ela olhava de maneira pensativa o longo focinho afilado. Curiosamente, aquilo a fazia lembrar de uma colher ou uma espátula. Poderia ela compreender o que estava sentindo? Era um bicho estranho para ela, incompreensível, fora do círculo imediato de sua vida. Que bonitos bigodes prateados, como agulhas de gelo. E as orelhas espertas, com pelos dentro. Mas e a comprida colher delgada do focinho! E os belos dentes brancos! Dentes feitos para atacar e morder fundo, fundo, fundo na presa viva, morder até sangrar.

– É bonita, não é? – disse Henry parando perto.

– É. Uma bonita raposa. Quantas galinhas terá ela comido?

– Muitas. Acha que é a mesma que você viu no verão?

– É bem possível que seja.

Ele a olhava, mas não conseguia tirar uma conclusão. Ora ela lhe parecia acanhada e inexperiente, ora parecia emburrada, apática, terra a terra, mal-humorada. O que ela dizia parecia a ele tão diferente da imagem prometida por seus grandes olhos escuros.

– Vai tirar a pele dela? – perguntou March.

– Vou, depois do café. Mas preciso de uma tábua para esticá-la.

– Puxa vida! Que cheiro forte ela tem! É preciso lavar bem as mãos para que saia. Não sei que ideia foi essa a minha de pegar nela. – March olhou a mão direita, que passara pela barriga e pela cauda, e até se sujara levemente de sangue ao tocar em um ponto escuro da pele.

– Viu como as galinhas ficaram assustadas ao cheirá-la? – perguntou ele.

– Vi. Coitadas.

– Cuidado para não apanhar pulgas dela.

– Ah, pulgas – disse March, distraída.

Horas depois ela viu a pele da raposa pregada em uma tábua, como crucificada. Aquilo lhe deu uma sensação desagradável.

O rapaz estava aborrecido. Passou o dia calado, como se tivesse engolido a língua. Mas seu comportamento continuava polido e afável. Nada disse sobre sua intenção, e não importunou March.

À noite, eles se reuniram na sala de jantar. Banford não o queria mais na sala de estar. Havia uma tora enorme na lareira. E todos estavam ocupados. Banford escrevia cartas, March costurava e o rapaz consertava qualquer coisa.

Banford parava de vez em quando para olhar em volta e descansar os olhos da escrita. O rapaz estava de cabeça baixa, o rosto voltado para o trabalho.

– Vamos ver – disse Banford. – Que trem você vai pegar, Henry?

Ele ergueu o rosto para ela e respondeu:

– O da manhã.

– O das oito e dez, ou o das onze e vinte?

– O das onze e vinte, acho.

– Depois de amanhã? – perguntou Banford.

– É. Depois de amanhã.

– Hum – murmurou ela, e voltou à escrita. Quando umedecia o envelope na língua, perguntou: – E quais são seus planos para o futuro, eu posso saber?

– Planos? – perguntou ele, com um brilho de raiva no rosto.

– Quero dizer, para você e Nellie, se é que vão continuar. Quando vai ser o casamento? – Havia escárnio na voz dela.

– Ah, o casamento. Não sei.

– Você não sabe? Vai viajar na sexta-feira e deixar tudo em suspenso?

– Ora, por que não? Podemos nos escrever.

– É claro que podem. Mas eu queria saber por causa da granja. Se Nellie vai se casar de uma hora para outra, vou precisar arranjar outra sócia.

– Ela não podia casar e continuar aqui? – Ele sabia muito bem o que o esperava.

– Isto aqui não serve para um casal. Em primeiro lugar, não há trabalho suficiente para um homem. Em segundo lugar, a granja não dá lucro. Não adianta você pensar em ficar aqui depois de casado. Simplesmente não dá.

– Mas eu não estava pensando em ficar.

– É justamente o que eu queria saber. E Nellie então? Quanto tempo *ela* vai ficar aqui comigo?

Os dois antagonistas se olharam.

53

– Isso eu não sei dizer – respondeu ele.

– Francamente – disse ela, de modo petulante. – Você deve ter alguma ideia do que vai fazer. Você não pediu a moça em casamento? Ou foi brincadeira?

– Por que brincadeira? Vou voltar para o Canadá.

– E levar Nellie?

– Claro.

– Ouviu isso, Nellie? – disse Banford.

March, que estivera com a cabeça abaixada sobre a costura, ergueu os olhos com um rubor forte no rosto e um sorriso sardônico nos olhos e nos lábios.

– É a primeira vez que escuto dizerem que vou para o Canadá – disse ela.

– Bem, há sempre uma primeira vez, não há? – disse o rapaz.

– É. Há sempre uma primeira vez – disse ela desinteressada, e voltou a se ocupar da costura.

– Você está disposta a ir para o Canadá, Nellie? Está? – perguntou Banford.

March levantou novamente o olhar, relaxou os ombros e deixou a mão que segurava a agulha cair solta no colo.

– Depende – disse ela. – Não creio que gostaria de ir apertada numa terceira classe, como mulher de soldado. Não estou acostumada com isso.

O rapaz olhou-a com os olhos brilhando.

– Você preferia ficar enquanto eu vou na frente? – perguntou.

– Preferia, se não houver alternativa – respondeu ela.

– Será melhor assim. Combinem um noivado condicional – disse Banford. – Fique livre para ir ou não quando ele voltar com um lugar certo, Nellie. Qualquer outro plano será arriscado.

– Você não acha – disse o rapaz – que devíamos nos casar antes da minha ida? Então depois viajamos juntos, ou separados, dependendo das circunstâncias?

– Acho uma péssima ideia – disse Banford.

Mas o rapaz observava March.

– O que é você acha? – perguntou.

Ela desviou o olhar para longe, e respondeu:

– Não sei. Preciso pensar.

– Por quê? – perguntou ele, de um modo pertinente.

– Por quê? – Ela repetiu a pergunta em tom zombeteiro e olhou rindo para ele, mas novamente ruborizada. – Acho que existem muitos motivos.

Ele a olhou em silêncio e teve a sensação de que ela lhe escapava. Ela estava unida a Banford contra ele. Havia novamente nela aquele ar estranho e sarcástico; ela zombava de modo indiferente de tudo o que ele dizia, ou do que a vida oferecia.

– Compreendo – disse ele. – Não quero forçá-la a fazer o que não for de seu desejo.

– Espero que não – disse Banford, indignada.

Na hora de se recolherem, Banford pediu a March:

– Nellie, leve minha garrafa de água quente, sim?

– Levo, sim – disse March, com a relutante solicitude que frequentemente mostrava com sua querida porém incerta Jill.

As duas subiram. Algum tempo depois March gritou de cima da escada:

– Boa noite, Henry. Não vou descer mais. Você cuida do lampião e do fogo, sim?

No dia seguinte Henry amanheceu com a cara enfezada e a testa franzida. Passou o tempo todo refletindo. Ele queria que March se casasse com ele e fossem juntos para o Canadá. Estivera certo que conseguiria isso. Por que metera isso na cabeça, ele não sabia. Mas ele queria March, disso estava certo. E, ao se ver rejeitado, queimava-se numa fúria infantil. Rejeitado! Ele estava tão furioso que não sabia o que fazer. Mas exteriormente se continha. Porque as coisas ainda podiam tomar um rumo diferente. Ela ainda podia vir a ele. Claro que podia. Cabia a ela tomar a iniciativa.

À noite a situação voltou a ficar tensa. Ele e Banford tinham se evitado durante todo o dia. Ela fora à aldeia no trem das

11h20. Era dia de feira. E voltou no trem das 16h25. Justamente ao cair da noite, Henry viu a silhueta franzina vestida de sobretudo azul e gorro da mesma cor, de borla, atravessando o primeiro campo perto da estação. Ele ficou debaixo de uma pereira brava, pisando as folhas secas do chão. A silhueta azul avançava pelos campos gelados aos poucos, com os braços carregados de embrulhos. Era uma figura frágil, mas dotada de uma firmeza diabólica que o rapaz detestava. Ele continuou oculto debaixo da pereira, observando cada passo da moça. Se o olhar de alguém afetasse outra pessoa, ela teria sentido uma bola enorme de ferro em cada pé, à medida que avançava pelo campo. "Você é uma coisinha ordinária", dizia ele baixinho, de longe. "Você é uma coisinha ordinária. Espero que você pague pelo mal que me fez injustamente. Espero que receba a revanche, sua coisinha ordinária. Espero que receba a revanche. E vai receber, se o desejo vale alguma coisa. Você é uma criaturinha malvada".

Ela vinha subindo a ladeira devagar e com dificuldade. Mas mesmo se ela estivesse resvalando a cada passo para as profundezas do inferno, ele não iria ajudá-la a carregar os embrulhos. Ah, lá vai March com seus passos largos, vestida de culote e túnica curta, lá vai ela descendo a ladeira a largas passadas, até dando uma corridinha de vez em quando, na solicitude e na pressa de ajudar a pequena Banford. O rapaz olhava March com raiva. Lá vai ela pulando uma vala, agora correndo, correndo como se alguma casa estivesse em chamas, apenas para alcançar aquela coisinha ordinária que ia rastejando ladeira acima. Banford parou e ficou esperando. March aproximou-se e tomou todos os embrulhos, exceto um manojo de crisântemos amarelos. Esses ficaram com Banford – crisântemos amarelos!

– É, você fica bem assim – disse ele baixinho no ar escuro. – Você fica bem subindo a ladeira com uma braçada de flores. Já que as leva tão apertadas ao peito, eu faria você comê-las com chá. E na hora do café, era só o que eu lhe daria também. Eu só lhe daria flores. Nada além de flores.

Observando a caminhada das duas moças, ele as ouvia também. March sempre franca e enérgica em sua ternura, Banford murmurando vagamente. Evidentemente, eram boas amigas. Ele só pôde distinguir o que diziam quando elas chegaram à cerca do campo da granja, que precisavam subir. Ele viu March subindo como homem as barras da cerca com todos os embrulhos nos braços, e, no ar parado, ouviu a censura de Banford:

– Por que não me deixa ajudar com os embrulhos? – A voz dela tinha um curioso tom plangente.

A resposta de March foi rápida e decidida:

– Pode deixar. Não se preocupe comigo. Você já está carregada.

– É sempre assim – disse Banford se queixando. – Você vive dizendo, não se preocupe comigo, depois se sente ofendida porque ninguém pensa em você.

– Quando é que eu me sinto ofendida? – perguntou March.

– Sempre. Você sempre se sente ofendida. Agora você está ofendida porque eu não quero deixar aquele rapaz ficar morando na granja.

– Não estou, de forma alguma, ofendida.

– Sei que está. Quando ele for embora você vai ficar se lamentando. Sei que vai.

– Será? Veremos – disse March.

– É. Veremos. Infelizmente não posso compreender como você pôde se rebaixar tanto. Não posso imaginar uma pessoa se rebaixando tanto.

– Não me rebaixei.

– Então não sei como é que você chama isso. Deixar um rapaz como aquele chegar com todo aquele cinismo e fazer você de boba. Não sei o que você pensa de si mesma. Qual o respeito que você acha que ele vai ter por você depois? Francamente, eu não queria estar na sua pele se você se casar com ele.

– É claro que não – disse March com um sarcasmo que não chegou a atingir o alvo.

– Pensei que você tivesse mais orgulho. Uma mulher precisa manter a linha, principalmente com um rapaz como aquele. Ele é muito atrevido. Até na maneira de forçar a sua permanência na granja.

– Nós o convidamos para ficar – disse March.

– Mas só depois que ele praticamente nos forçou. E como ele é presunçoso e convencido! Esse rapaz me irrita! Não consigo compreender como você o deixa tratá-la com tão pouco caso.

– Ele não me trata com pouco caso. Não se preocupe, ninguém vai me tratar com pouco caso. Nem você. – Ela falou, com terno desafio, e com calor na voz.

– É, você tinha que se voltar contra mim – disse Banford, zangada. – É sempre assim que acaba. Acho que você faz isso para me irritar.

Elas subiram caladas o resto da ladeira coberta de relva, transpuseram a crista, atravessaram os tojos. Do outro lado da cerca, o rapaz as acompanhava no escuro, a uma pequena distância. De vez em quando, pela enorme cerca antiga de espinheiros já do tamanho de árvores, ele via os dois vultos subindo o campo. Quando chegou ao alto da ladeira viu a casa escura ao crepúsculo, com a enorme pereira pendida para um lado, e uma luz fraca e amarelada piscando nas janelinhas laterais da cozinha. Ele ouviu o ruído do trinco e viu a porta da cozinha se abrir, surgindo uma claridade quando as duas moças entraram. Elas estavam em casa.

Então era aquilo que elas pensavam dele! Henry gostava de escutar conversas escondido, por isso não ficou surpreso. O que as outras pessoas diziam dele nunca o atingia pessoalmente. Ele se surpreendeu apenas com o comportamento das moças entre elas. E detestou Banford com uma repulsa ácida. E, novamente, se sentiu atraído por March de verdade, irresistivelmente atraído. Percebeu que havia um laço secreto, uma ligação confidencial entre os dois, algo muito exclusivo, que expulsava todo resto do mundo e os fazia segredo.

Mais uma vez, ele teve esperança de que ela o aceitasse. Com o sangue subitamente fervendo, ele esperou que ela concordasse em se casar com ele sem mais demora: no Natal, provavelmente. O Natal não estava longe. Acontecesse o que acontecesse, ele queria arrastá-la a um casamento apressado e a uma rápida consumação. Do futuro, eles cuidariam depois. Mas ele esperava que tudo acontecesse como queria. Esperava que, aquela noite, March se demorasse um pouco com ele depois que Banford subisse. Esperava poder tocar seu rosto macio, o rosto estranho e assustado. Esperava poder olhar dentro dos olhos dilatados, escuros e assustados, olhar dentro deles bem de perto. Esperava até talvez pôr a mão no busto dela e sentir os seios macios sob a túnica. Com esse pensamento, o coração dele bateu fundo e forte. Ele queria muito fazer isso. Queria conhecer os macios seios sob a túnica. Ela sempre usava o casaco de linho pardo abotoado até o pescoço. Que os suaves seios femininos ficassem sempre abotoados debaixo daquele uniforme parecia a ele um segredo perigoso. Parecia-lhe também que eles deviam ser muito mais macios, tenros, gostosos e delicados do que os de Banford, guardados sob blusas finas e vestidos leves. Com aquela fragilidade, rabugice e delicadeza, Banford devia ter seios pequeninos de ferro, pensou ele. Mas March, sob a túnica grossa e justa de trabalhador, devia guardar seios tenros e brancos, brancos e inéditos. Ao pensar nisso, o sangue dele ferveu.

Quando entrou para o chá, teve uma surpresa. Ele apareceu na porta da sala, o rosto muito vermelho e animado e os olhos azuis brilhando; projetou a cabeça para a frente, entrou, à sua maneira habitual. Parou no portal para ver a sala, atenta e cautelosamente antes de entrar. Henry vestia um colete de mangas compridas. Era como se seu rosto fosse um objeto do jardim que, de repente, adentrasse a casa: um cacho de frutas silvestres, por exemplo. No breve momento de pausa no portal ele viu as duas moças sentadas à mesa, uma de frente para a outra, viu-as nitidamente. Para seu espanto, March usava um vestido de crepe de seda verde sem brilho. Ele abriu a boca, surpreso. Se ela tivesse aparecido repentinamente de bigode a estupefação não seria maior.

– Ora essa! Você usa vestido, então?

Ela levantou os olhos, ruborizando-se violentamente; e torcendo a boca num sorriso, respondeu:

– É claro que uso. O que mais esperava que eu usasse?

– Um uniforme da brigada agrícola, naturalmente.

– Ora – disse ela despreocupada –, o uniforme é só para o trabalho sujo e pesado da granja.

– Não é seu traje habitual, então?

– Não em casa – disse ela.

Ela corou o tempo todo enquanto servia o chá para ele. Henry sentou-se à mesa sem tirar os olhos dela. O vestido era uma peça muito simples de seda verde azulada, com um vivo dourado em volta da gola e das mangas, que iam até os cotovelos. Era de corte simples e arredondado no corpete, deixando à mostra o pescoço alvo e macio. Os braços dela ele já conhecia, fortes e musculosos, pois a tinha visto muitas vezes com as mangas arregaçadas. Mas ele não parava de olhá-la de cima a baixo.

Na outra extremidade da mesa Banford não dizia uma palavra, preferindo ocupar-se com a sardinha que estava no prato. Ele não lembrara da existência dela, e apenas encarava March, enquanto comia grandes bocadas de pão com margarina, esquecido até do chá.

– Pois nunca vi uma coisa fazer tanta diferença – murmurou ele entre duas bocadas.

– Pare com isso! – disse March. – Até parece que sou um bicho raro.

Ela levantou-se depressa e levou o bule para o fogo, onde estava a chaleira. Quando ela se abaixou diante da lareira em seu vestido verde, o rapaz arregalou ainda mais os olhos. Através do crepe as formas femininas pareciam tenras e suaves. E quando ela endireitou o corpo e andou, ele viu as pernas mexendo dentro da saia modernamente curta. March calçava meias de seda preta e sapatos de verniz com fivelas douradas.

Não, ela era outra pessoa. Uma pessoa bem diferente. Vendo-a sempre de culote de pano grosso, largo nos quadris, abotoado nos joelhos, forte como armadura, de perneiras pardas de enrolar e de botas pesadas, nunca lhe ocorrera que ela pudesse ter pernas e pés de mulher. Agora ele via. Ela tinha pernas femininas bem torneadas, e era acessível. Ele corou na raiz dos cabelos, enfiou o nariz na xícara e bebeu o chá com um ruído que fez Banford arrepiar-se. E estranhamente, de repente ele se sentiu homem, não mais um garoto. Sentiu-se homem, com todo o peso grave da responsabilidade de homem. Uma curiosa calma apossou-se dele. Sentiu-se um homem calmo, com um pouco do peso do destino de homem nos ombros.

Ela era suave e acessível naquele vestido. O pensamento penetrou nele como uma responsabilidade definitiva.

– Oh, pelo amor de Deus, alguém diga alguma coisa – gritou Banford agitada. – Parece um enterro. – O rapaz olhou para ela, e ela não aguentou ver o rosto dele.

– Um enterro! – disse March, com um sorriso atravessado. – Isso desmancha o meu sonho.

De repente, ela lembrou de Banford no caixão feito da caixa de lenha.

– Você esteve sonhando com um casamento? – perguntou Banford, sarcástica.

– Pode ter sido – disse March.

– Casamento de quem? – perguntou o rapaz.

– Não me lembro. – respondeu.

Ela estava acanhada e retraída aquela noite, apesar de o vestido lhe dar naturalmente um ar mais comedido do que o uniforme. Ela se sentia, por assim dizer, descasada e exposta. Ela se sentia quase indecente.

Falaram desordenadamente da partida de Henry na manhã seguinte, e fizeram os preparativos triviais. Mas, no assunto que os preocupava, ninguém falou. Estiveram relativamente calmos e cordiais aquela noite; Banford praticamente não tinha o que dizer. Mas, no íntimo ela parecia mais calma, talvez até inclinada à bondade.

Às 21 horas March trouxe a bandeja do chá de todos os dias e um pouco de carne assada que Banford tinha conseguido. Sendo aquela a última ceia, Banford não quis ser desagradável. Ela sentia certa pena do rapaz, e achava que devia fazer o possível para ser simpática.

Ele desejava que ela subisse para o quarto, geralmente ela era a primeira a ir para a cama. Mas Banford continuava na cadeira debaixo do lampião, olhando o livro de vez em quando, a maior parte do tempo com os olhos na lareira. Um profundo silêncio se instalara na sala. Quem o rompeu foi March, perguntando baixinho:

– Que horas são, Jill?

– Dez e cinco – disse Banford olhando o pulso.

Voltou o silêncio. O rapaz levantara os olhos do livro que segurava entre os joelhos. O rosto largo, de formato felino, tinha o ar obstinado de sempre, e os olhos estavam alerta.

– Que tal dormir? – disse March finalmente.

– Quando você quiser – disse Banford.

– Então eu vou encher sua garrafa – disse March.

Foi o que ela fez. Tendo enchido a garrafa, ela acendeu uma vela e subiu com ela. Banford continuou sentada, escutando atenta. March desceu de novo.

– Pronto – disse ela. – Você vai subir?

– Daqui a pouco – disse ela. Mas o tempo passava e ela continuava sentada sob o lampião.

Henry, cujos olhos brilhavam como os de um gato enquanto ele observava tudo disfarçadamente, e cujo rosto parecia mais largo ainda, mais redondo e felino com a inflexível obstinação, levantou-se para tentar o seu golpe.

– Vou ver se consigo achar a raposa – disse ele. – Ela deve andar rondando por aí. Não quer vir também para me ajudar, Nellie?

– Eu?! – gritou March, erguendo os olhos no rosto espantado e intrigado.

– Por que não? Venha. – Era impressionante a suavidade, o calor e a persuasão que ele pôs na voz, além do tom de intimidade. Só de ouvi-la, Banford sentiu o sangue ferver. – Venha por um instante – disse ele, olhando-a no rosto erguido e vacilante.

Ela levantou-se como se puxada pelo rosto jovem e vermelho que a olhava de cima.

– Não acredito que você vá sair a esta hora da noite, Nellie! – gritou Banford.

– Apenas por um instante – disse o rapaz virando-se para ela e falando num tom estranho, quase gritando.

March olhava os dois, confusa, hesitante. Banford levantou-se para a batalha.

– Isto é ridículo. Está muito frio. Você vai adoecer com este vestido leve. E com estes sapatos. Você não vai fazer uma coisa dessa.

Houve uma breve pausa. Banford esticou-se como um galinho de briga, enfrentando March e o rapaz.

– Ora, você não precisa se preocupar – disse ele. – Alguns minutos sob as estrelas não fazem mal a ninguém. Eu apanho o tapetinho do sofá da sala de jantar. Você vem, Nellie?

A voz dele tinha tanta irritação, desprezo e fúria quando dirigida a Banford, quanto ternura e altiva autoridade quando dirigida a March. Finalmente March respondeu:

– Eu vou. – E virou-se com ele para a porta.

Em pé no meio da sala, Banford de repente caiu no choro com espasmos de soluços. Ela cobriu o rosto com as mãozinhas magras, os ombros franzinos tremendo nas convulsões de choro. March olhou da porta.

– Jill! – gritou ela em tom nervoso, como alguém que acaba de acordar; e parecia que ia voltar para a amiga.

Mas o rapaz segurava forte o braço de March e ela não pôde se soltar. Ela não sabia por que não podia se mexer. Era como acontece em um sonho, quando o coração se esforça e o corpo não obedece.

– Não se preocupe – disse o rapaz em sua voz suave. – Deixe que ela chore. Deixe chorar. Ela vai ter que chorar mais cedo ou mais tarde. As lágrimas vão aliviá-la. Vão fazer bem a ela.

Dizendo isso, ele levou March lentamente porta afora. Mas o último olhar dela foi para a pobre criaturinha parada no meio da sala com o rosto escondido nas mãos e os ombros franzinos tremendo com o choro.

Na sala de estar ele apanhou o tapete e disse:

– Enrole-se nele.

Ela obedeceu e eles alcançaram a porta da cozinha, ele segurando-a delicada e firmemente pelo braço, mesmo sem que ela percebesse. Quando viu a noite lá fora, ela estacou.

– Preciso ir ver Jill – disse ela. – Eu *preciso!* Preciso.

Ela falou com tanta decisão que ele a largou e ela voltou. Mas ele agarrou-a de novo e a deteve.

– Espere um pouco – disse ele. – Espere um pouco. Você pode ir, mas não agora.

– Me deixe! – gritou ela. – Me deixe! Meu lugar é ao lado de Jill. Pobre menina. Ela está se acabando de tanto chorar.

– É. E acabando com você. E comigo também.

– Com você? – disse March.

Ele ainda a segurava e a detinha.

– Meu coração não é igual ao dela? Ou você pensa que o dela é melhor?

– Seu coração? – disse ela mais uma vez incrédula.

– O meu, sim. O meu. Ou você pensa que não tenho coração? – Com sua mão forte ele tomou a dela e apertou-a no peito esquerdo. – Aí está meu coração. Acredita?

Foi o espanto que a fez atender. Ela sentiu as batidas profundas, firmes e poderosas do coração dele, terríveis, como alguma

64

coisa vinda de muito longe. Era como alguma coisa vinda de fora, algo terrível acenando para ela. E o aceno paralisou-a. Aquilo batia dentro da alma dela e a deixava sem ação. Ela esqueceu Jill. Não pensava mais em Jill. Aquele terrível aceno vindo de fora.

O rapaz abraçou-a pela cintura.

– Venha comigo – disse ele delicadamente. – Venha e vamos dizer o que temos a dizer.

Ele a levou para fora e fechou a porta. March o acompanhou pelo caminho escuro. Então ele tinha um coração que batia! E ele a levava abraçada pela cintura, por cima do tapete! Ela estava muito confusa para pensar em quem ele era, ou no que ele era.

Ele levou-a para um canto escuro no galpão, onde havia uma caixa de ferramentas com tampa comprida.

– Vamos sentar aqui um pouco.

Obedientemente ela sentou-se ao lado dele.

– Me dê sua mão – disse ele.

Ela deu-lhe as duas mãos, que ele segurou entre as dele. Ele era jovem, e tremia.

– Você vai se casar comigo. Você vai se casar comigo antes da minha viagem, não vai? – pedia ele.

– Parecemos dois idiotas – disse ela.

Ele a pusera no canto para que ela não visse a janela iluminada da casa lá atrás. O rapaz procurava mantê-la dentro do galpão com ele.

– Como, em que sentido, somos dois idiotas? Se você for para o Canadá comigo, tenho lá um bom emprego e um bom salário. E você vai gostar do lugar, perto das montanhas. Por que você não se casa comigo? Por que não? Eu gostaria de ter você lá comigo. Eu gostaria de ter alguém lá, junto de mim, a vida inteira.

– Você encontraria facilmente outra pessoa que lhe serviria melhor – disse ela.

– É. Eu poderia encontrar facilmente outra moça. Sei disso. Mas não quero outra, jamais conheci outra que eu quisesse para sempre. Sabe, eu quero alguém para toda a vida. Se eu me casar,

65

quero que seja para sempre. Outras moças! Ora, são apenas moças! São agradáveis para sair de vez em quando. Agradáveis como divertimento. Quando penso em minha vida, sei que me arrependeria se casasse com uma delas. Tenho certeza disso.

– Você quer dizer que elas não seriam boas esposas?

– É isso. Mas não quero dizer que elas não me servissem como mulheres. O que eu quero dizer... Sei lá o que eu quero dizer. Só sei que quando penso em minha vida, e em você, as duas coisas se juntam.

– E se não juntarem? – perguntou ela em seu tom zombeteiro.

– Acho que vão se juntar.

Ficaram calados por algum tempo, ele segurando as mãos dela, mas sem ir além. Desde que ele percebera que ela era mulher, vulnerável, e acessível, uma certa relutância entrara na alma dele. Ele não queria consumar o amor com ela, e fugia desse pensamento quase que com pavor. Ela era mulher, vulnerável, e acessível a ele finalmente, e ele se retraía da possibilidade que estava à frente. Era uma espécie de treva que ele sabia que devia atravessar finalmente, mas na qual não queria nem pensar por enquanto. Ela era a mulher, e ele era responsável pela estranha vulnerabilidade que subitamente ele percebera nela.

– Não – disse ela afinal. – Sou uma idiota. Sei que sou.

– Por quê?

– Por continuar com isso.

– Comigo?

– Não, comigo. Estou sendo idiota. Idiota completa.

– Por que não quer se casar comigo?

– Para falar verdade, nem sei se não quero. É justamente isso. Nem sei se não quero.

Ele olhou-a no escuro, intrigado. Não entendia o que ela queria dizer.

– E você nem sabe se gosta de estar comigo aqui agora? – perguntou ele.

– Não, não sei. Não sei se desejaria estar em outro lugar, ou se gosto de estar aqui. Não sei mesmo.

– Preferia estar com a Srta. Banford? Preferia ter ido deitar-se com ela? – perguntou ele, de modo provocante.

Ela demorou a responder. Finalmente disse:

– Não. Não preferia.

– E você acha que vai passar a vida inteira com ela... até a velhice, até ficar de cabelos brancos?

– Não – disse ela sem hesitação. – Não nos imagino como duas velhas vivendo juntas.

– E você não pensa que, quando eu for velho, e você também, ainda poderemos estar juntos, como estamos agora?

– Bem... Não como estamos agora. Mas posso imaginar... Não, não posso. Não posso imaginar você como velho. Além do mais, seria horrível.

– O quê? Ser velho?

– Claro.

– Não quando chegar o tempo. Mas ainda não chegou. Vai chegar, claro. E quando chegar, gostaria de ter você ao meu lado.

– Como num asilo de velhinhos. – disse March, em um tom seco.

O humor sem graça dela sempre o intrigava. Ele nunca sabia o que ela queria dizer. Talvez nem ela soubesse.

– Não – disse ele.

– Não sei por que você insiste em falar em velhice. Ainda não tenho 90 anos.

– Alguém disse que tinha?

Ficaram calados por alguns instantes, cada um pensando por seu lado.

– Não quero que você ria de mim – disse ele.

– Não? – perguntou ela enigmática.

– Não, porque neste momento estou sério. E quando estou sério não gosto que riam.

– Você quer dizer que não gosta que ninguém ria.

– É isso. Nem eu mesmo rio. Quando me acontece de ficar sério... É isso, não gosto que riam de mim.

Ela ficou calada por um momento. Depois disse, em tom quase sofrido:

– Não, não vou rir de você.

Uma onda de calor percorreu-o por dentro.

– Então você acredita em mim? – indagou ele.

– Acredito – respondeu ela com um traço de sua velha indiferença cansada, como se concordasse apenas por fadiga. Mas o rapaz não ligou. O coração dele estava quente e suplicante.

– Então aceita se casar comigo antes de minha viagem? Na época do Natal, talvez?

– Aceito.

– Ótimo! Então está resolvido! – exclamou ele.

Ele ficou calado, esquecido, com o sangue queimando nas veias, como fogo em todas as ramificações de seu corpo. Ele apertava as duas mãos dela contra o peito, mas sem saber. Quando a estranha paixão começou a amortecer, ele pareceu acordar para o mundo.

– Vamos entrar agora? – propôs ele, como se, de repente, descobrisse que a noite estava fria.

Ela levantou-se sem responder.

– Beije-me antes, agora que concordou – disse ele.

Ele a beijou delicadamente na boca, um beijo juvenil e assustado. Esse beijo fez March sentir-se jovem também e assustada e preocupada – e cansada, como se estivesse a ponto de dormir.

Entraram em casa. Banford estava na sala, encolhida ao pé do fogo como uma pequena feiticeira. Quando eles entraram ela os fitou com os olhos vermelhos, mas não se levantou. Henry viu nela qualquer coisa assustadora e inatural, encolhida ali e olhando para eles. Achou o olhar dela maligno, e cruzou os dedos para anular o mal.

Banford viu o rosto vermelho e exultante do rapaz; ele parecia estranhamente alto, luminoso, crescido. E March tinha uma expressão de delicadeza no rosto; ela queria escondê-lo, resguardá-lo, não deixar que fosse visto.

– Até que enfim vocês voltaram – disse ela.

– É. Voltamos – disse o rapaz.

– Demoraram muito – tornou Banford.

– É. Demoramos. Resolvemos tudo. Vamos nos casar o mais breve possível. – falou Henry.

– Ah, já decidiram. Bem, espero que você nunca se arrependa.

– Eu também – respondeu ele.

– Vai se deitar *agora*, Nellie? – perguntou Banford.

– Vou agora.

– Então por que não vamos?

March olhou para o rapaz. Ele olhava alternadamente para as duas, com os olhos brilhando. March olhou-o avidamente. Ela desejou poder ficar com ele, desejou já ter se casado com ele e resolvido aquela situação. Porque, de repente, ela se sentiu tão segura ao seu lado. Sentiu-se estranhamente segura e tranquila com ele. Se ela pudesse dormir ao lado dele, e não ao lado da amiga! Ela sentiu medo da amiga. No estado de confusão e ternura em que se encontrava, seria torturante para ela subir e dormir com Jill. Ela queria que o rapaz a salvasse, e com esse pensamento olhou-o de novo.

E ele, observando com olhos brilhantes, adivinhou o que ela sentia. Intrigava-o e aborrecia-o a ideia de vê-la subir com Jill.

– Não vou esquecer a sua promessa – disse ele olhando-a nos olhos, bem dentro dos olhos, parecendo ocupá-la toda com o seu olhar claro e esquisito.

Ela deu-lhe um sorriso pálido e delicado. Sentia-se novamente segura com ele.

Mas, a despeito de todas as suas precauções, o rapaz teve um contratempo. Na manhã em que ia deixar a granja ele levou March à aldeia, há cerca de 10 quilômetros de distância. Lá foram ao cartório e deixaram os nomes como duas pessoas que pretendem se casar. Ele devia voltar na época do Natal, quando seria realizado o casamento. Ele esperava levar March para o Canadá na primavera, quando a guerra já estaria terminada. Apesar de ser tão jovem, Henry conseguira economizar um pouco.

– É bom a pessoa ter sempre um dinheirinho guardado, você não acha? – disse ele.

Em seguida, ela o acompanhou ao trem que passaria na direção oeste: o acampamento dele ficava em Salisbury Plain. March o acompanhou com os seus enormes olhos escuros, e pareceu-lhe que tudo o que tinha importância na vida estava se afastando com o trem, que levava aquele rosto estranho, gorducho e avermelhado, aquele rosto largo que aparentemente nunca mudava de expressão, a não ser quando uma nuvem de irritação pousava na testa, ou quando os olhos brilhantes se arregalavam de curiosidade ou espanto. Era isso o que estava acontecendo agora. Ele debruçou-se na janela enquanto o trem se afastava, para dizer adeus e olhá-la, mas a expressão do rosto não mudava. Não havia emoção naquele rosto. Apenas os olhos se apertaram e se concentraram em olhar, como os olhos de um gato que, de repente, vê alguma coisa e a encara. Os olhos do rapaz olhavam fixamente enquanto o trem se afastava, e a moça ficou na plataforma sentindo-se intensamente desamparada. Faltando a presença física, ela nada mais tinha dele. Ela nada tinha de nada. Apenas o rosto do rapaz estava guardado em sua mente: as coradas faces redondas, o nariz reto e os dois olhos em cima, olhando. Ela só se lembrava do nariz franzindo repentinamente quando ele ria, como faz um cachorrinho quando rosna de brincadeira. Mas dele, o homem, e quem ele era, ela nada sabia, ela nada tinha dele quando ele a deixou.

No nono dia depois da partida, ele recebeu esta carta:

Caro Henry,

Estive pensando em tudo novamente, no que aconteceu entre nós, e concluí que é impossível. Quando você não está perto, vejo a idiota que fui. Quando você está perto, fico cega para a realidade das coisas. Você me faz perder o senso da realidade, e fico sem saber. Mas quando fico sozinha com Jill, recupero a visão das coisas e percebo a idiota que estou sendo, e o tratamento injusto que estou dando a você. Porque é injusto eu continuar com essa situação quando sinto no íntimo que não amo você. Sei que as pessoas dizem muitas bobagens a respeito do amor, mas eu não quero fazer isso. Quero me cingir aos fatos e agir sensatamente – e me parece que não estou fazendo isso. Não vejo motivo para me casar com você. Sei que não estou loucamente apaixonada, como julguei que estivesse com outros quando eu era uma adolescente bobinha. Você é um estranho para mim, e me parece que será sempre. Então por que me casar com você? Quando penso em Jill, sinto que ela é dez vezes mais real para mim. Eu a conheço e gosto muito dela, e não me perdoaria se fizesse mal a um fio de cabelo seu. Temos uma vida em comum; e mesmo que ela não dure para sempre, é uma boa vida. E pode durar enquanto qualquer um de nós durar. Quem sabe a duração da própria vida? Ela é uma criatura delicada, talvez ninguém, além de mim, saiba o quanto ela é delicada. E quanto a mim, acho que poderei cair no poço qualquer dia. O que eu não consigo ver em minha vida é você. Quando penso no que fui e no que fiz com você, desconfio que não sou muito boa da cabeça. É triste pensar que estou ficando caduca tão cedo, mas parece que é esse o meu caso. Você é um completo estranho, e tão diferente de tudo o que eu conheço. Nada temos em comum. Quanto a amor, até a palavra soa mal. Sei o que significa amor mesmo no caso de Jill, e sei que nesse caso com você o amor é uma impossibilidade absoluta. E quanto a ir para o Canadá, eu devia estar mesmo muito fora de mim quando lhe prometi isso. Quando penso que pude fazer tal promessa, até me assusto. Tenho medo de fazer alguma coisa realmente maluca, uma coisa completamente irresponsável – e acabar meus dias em um manicômio. Você pode achar que é isso o que eu mereço por fazer o que fiz; mas é um pensamento que não me agrada. Felizmente, Jill está aqui, e com ela eu me sinto sensata; se não fosse a companhia dela, não sei o que eu faria – podia sofrer um acidente com a espingarda qualquer dia. Gosto de Jill, ela me faz sentir segura e sensata, principalmente quando se zanga comigo por eu ser tão idiota. Bem, o que eu quero dizer é o seguinte: por que não esquecemos tudo? Não posso me casar com você, e não faria isso, o que me parece completamente errado. Foi um grande erro. Fiz um papel terrível, e agora só posso pedir-lhe desculpas e pedir também que esqueça tudo e que não pense mais em mim. Sua pele de raposa está quase pronta. Posso mandá-la para você, caso o endereço ainda seja o mesmo e se me desculpar pelo papel horrível e amalucado que fiz com você, e esquecer o assunto.

Jill manda lembrança. Os pais dela vão passar o Natal aqui conosco.

Cordialmente,

Ellen March

O rapaz leu a carta no acampamento enquanto limpava seu material. Ele cerrou os dentes e empalideceu por um momento, os olhos ficaram com um círculo amarelo de fúria. Ele não falou nada, não viu nada, não sentiu nada a não ser uma raiva lívida que chegava a ser insensata. Rejeitado! Rejeitado de novo! Rejeitado! Ele queria aquela mulher, decidiu cegamente que a queria. Sentia que era sua condenação, seu destino e sua recompensa ter aquela mulher. Ela era seu céu e seu inferno na terra, e não aceitaria outra. Henry passou a manhã cego de raiva e loucura. Se não tivesse aplicado a mente na preparação de um plano, ele teria cometido algum ato insensato. No fundo de seu ser ele tinha vontade de gritar e urrar, de ranger os dentes e quebrar coisas. Mas era muito inteligente para isso. Sabia que

72

a sociedade estava acima dele, por isso precisava de um plano. Com os dentes cerrados, e o nariz curiosamente erguido, como um animal maligno, e o olhar parado, ele desempenhou os deveres matutinos bêbado de raiva impotente. Em sua mente só havia uma preocupação – Banford. Ele não deu nenhuma importância ao extravasamento de March. Só um espinho o incomodava, cravado na mente. Banford. Em seu íntimo, em sua alma, em todo o seu ser, um espinho o exasperava. Era preciso extraí-lo. Ele precisava extrair o espinho de Banford de sua vida, custasse o que custasse.

Com essa ideia fixa ele foi pedir uma licença de 24 horas. Sabia que não tinha direito. Seu consciente continuava espantosamente agudo. Sabia a quem devia procurar – o capitão. Mas como chegar ao capitão? Naquele enorme acampamento de pavilhões de madeira e de barracas, ele nem sabia onde estaria o capitão.

Mas foi à cantina dos oficiais. Lá estava o capitão de sua companhia conversando com três outros oficiais. Henry parou no portal em posição de sentido.

– Posso falar com o capitão Berryman? – O capitão também era da Cornualha, como ele.

– O que deseja? – perguntou o capitão.

– Posso falar com o senhor?

– O que deseja? – repetiu o capitão, sem se afastar do grupo de colegas.

Henry olhou o superior por um instante sem falar.

– O senhor não vai recusar, não é, capitão?

– Depende do que seja.

– Podia me dar uma licença de 24 horas?

– Não. Você não tem direito a ela.

– Sei que não tenho. Mas preciso.

– Não posso dar.

– Não me mande embora, capitão.

Havia qualquer coisa esquisita naquele rapaz parado, imóvel no portal. O capitão, também cornualhense, percebeu imediatamente a estranheza e olhou para o rapaz inquiridoramente.

– De que se trata? – perguntou curioso.

– Estou com um problema. Preciso ir a Blewbury.

– Blewbury? Seria por causa de garotas?

– Sim, é uma mulher, capitão. – E o rapaz, parado ali com a cabeça projetada para a frente, ficou repentinamente pálido, ou amarelo, e os lábios pareciam refletir dor. O capitão notou isso e empalideceu um pouco também.

– Então vá – disse o capitão. – Mas pelo amor de Deus, não arranje nenhuma encrenca.

– Não senhor, capitão. Obrigado.

O rapaz saiu rápido. Aborrecido, o capitão tomou um gim com *bitter*. Henry alugou uma bicicleta e deixou o acampamento ao meio-dia. Ele tinha pela frente quase 100 quilômetros de estradas molhadas e lamacentas, mas montou e saiu sem pensar em comer nada.

Na granja, March andava às voltas com um trabalho que vinha fazendo há algum tempo. Havia um grupo de abetos escoceses perto do galpão aberto, num barranco onde passava a cerca divisória de dois campos de tojos. O abeto mais distante estava seco – secara no verão, e lá ficara com as agulhas pardas ressequidas apontando para o ar. Não era uma árvore grande, e estava completamente morta. March resolveu aproveitá-la, apesar de não terem autorização para tirar lenha da propriedade. Mas ali estava uma lenha de primeira, naquela época de falta de combustível.

Havia uma ou duas semanas que ela vinha dando umas machadadas no tronco, bem embaixo, perto do chão, para que ninguém visse. Ela não experimentara a serra porque era um trabalho bastante pesado para uma pessoa só. A árvore já estava com um grande pique na base, pouco faltando para cair. Mas não caía.

A tarde de dezembro já ia adiantada, com uma fria neblina saindo da mata e subindo as ladeiras e a escuridão esperando para descer do alto. Havia um toque de amarelo onde o sol morria por cima das árvores distantes. March pegou o machado e foi cortar um pouco mais. As batidas surdas do machado ressoavam sem sucesso na propriedade. Banford veio para fora vestindo o sobretudo grosso, mas sem chapéu, de modo que o cabelo fino, cortado curto, voava ao vento que sibilava nos pinheiros e na mata.

– Meu medo é que ela caia no galpão e nos dê um trabalho danado para consertar – disse Banford.

– Acho que não – falou March, esticando o corpo e limpando a testa suada com o braço. Ela estava vermelha, os olhos muito abertos e estranhos, o lábio superior levantado mostrando os dois dentes frontais muito brancos, o que lhe dava quase o aspecto de um coelho.

Um homenzinho atarracado, vestindo sobretudo preto e chapéu-coco, vinha atravessando lentamente o pátio. Era um sujeito de rosto rosado, barba branca e olhos azuis pequeninos. Não era muito idoso, mas parecia nervoso, e caminhava a passos curtos.

– O que o senhor acha, papai? Acha que ela pode cair no galpão? – perguntou Banford.

– No galpão? Não! – respondeu o velho. – Não pode pegar o galpão. Na cerca, pode ser.

– Na cerca não faz mal – disse March, em sua voz alta.

– Errei mais uma vez – disse Banford afastando o cabelo dos olhos.

A árvore estava, por assim dizer, em um pé só, pendendo e estalando ao vento. Ela crescera na beira de uma vala seca entre dois campos. Em cima do barranco passava uma cerca, que seguia até aos arbustos da colina, onde várias árvores cobriam o canto próximo ao galpão e ao portão do pátio. Até perto do portão, cortando os campos horizontalmente, chegavam os acessos de relva rasteira que iam até a estrada real. Daí saía outra cerca cambaleante, de varais compridos ligando esteios curtos e muito separados. As duas moças e o velho ficaram atrás da árvore, no canto do campo perto do galpão, logo acima do portão do pátio. Com seus dois frontões e o alpendre, a casa ficava encolhidinha em um gramado no fim do pátio. Uma mulher pequenina e gorducha, de rosto rosado, o ombro coberto com um xale de lã vermelha, apareceu no alpendre.

– Ainda não caiu? – gritou ela numa vozinha fina.

– Estou pensando se caio ou não – respondeu o marido. O tom dele com as duas moças era sempre de zombaria. March não queria continuar manejando o machado enquanto ele estivesse ali. E ele não apanharia um graveto do chão, se pudesse evitar o trabalho: como a filha, ele vivia se queixando de reumatismo nas costas. Assim, os três ficaram parados por um momento, em silêncio na tarde fria.

Ouviram a batida distante de uma cancela e esticaram o pescoço para olhar. Lá longe, no gramado horizontal aquém da estrada, um vulto acabava de montar numa bicicleta e vinha vindo em sacudidelas sobre a grama.

– É um dos nossos rapazes... É Jack – disse o velho.

– Não pode ser – disse Banford.

March esticou o pescoço para olhar. Só ela reconheceu o vulto cáqui. Ela corou, mas ficou calada.

– Não, não é Jack. Acho que não – disse o velho arregalando os olhinhos redondos para olhar de novo.

Logo depois, a bicicleta surgiu à vista, e o ciclista desmontou no portão. Era Henry, com o rosto suado e vermelho salpicado de barro. Ele estava todo enlameado.

– Oh! – gritou Banford assustada. – É Henry!

– O quê? murmurou o velho. Ele tinha um jeito rápido e balbuciante de falar; também era um pouco surdo. – O quê? O quê? Quem é? Quem é aquele rapaz? O namorado de Nellie, é? Oh! Oh! – O sorriso satírico voltou ao rosto rosado, de cílios brancos.

Afastando o cabelo molhado da testa suada, Henry os viu, e ouviu o que o velho dizia. O rosto jovem e quente parecia inflamar-se no ar frio.

– Ah, estão todos aí – disse ele, dando um sorriso repentino como o de um cachorrinho. Ele estava com tanto calor e tão zonzo da viagem que mal sabia onde se achava. Encostou a bicicleta na cerca e subiu diretamente o barranco, sem entrar no pátio.

– Bem, devo dizer que não o esperávamos – disse Banford, lacônica.

– Sei que não – respondeu ele, olhando para March.

Ela ficara de lado, inerte, com um joelho bambo, o machado apoiado no chão. Os olhos arregalados olhavam vagos, o lábio superior levantado mostrava a fascinante semelhança de seus dentes brancos com os de um coelho, dando a ela um ar ao mesmo tempo encantador e desamparado. No momento em que viu o rosto vermelho e lustroso de Henry, tudo acabou para ela. Ela sentiu-se indefesa. Lá estava a cabeça do rapaz, projetada para a frente.

– Quem é? Quem é ele? – perguntava o velhinho sorridente e em tom mordaz, gaguejando um pouco.

– É o Sr. Grenfel, de quem já lhe falamos, papai – disse Banford friamente.

– De quem você nos falou. Quase não tem falado de outra coisa – murmurou o velho, sempre com o seu sorrisinho irônico – Muito prazer – emendou, estendendo a mão para Henry.

O rapaz estendeu a dele, intrigado, trocaram um aperto de mãos e depois se separaram.

– Veio pedalando desde Salisbury Plain? – perguntou o velhinho.

– Vim.

– Hum. É muito chão. Quanto tempo levou? Muito, não? Muitas horas, imagino.

– Umas quatro.

– Hein? Quatro! É, no mínimo. Quando é que volta?

– Tenho até amanhã à noite para voltar.

– Amanhã à noite, hein? É. Hum. Elas não o esperavam, não é?

O velho voltou os olhos azuis redondinhos para as moças, e deu seu sorrisinho irônico. Henry também olhou para elas.

Ele se sentia um pouco constrangido. Olhou para March, que ainda tinha os olhos perdidos na distância, talvez procurando localizar as vacas. A mão segurava o cabo do machado, que descansava no chão.

– O que estava fazendo ? – perguntou o rapaz, com sua voz macia e cortês. – Derrubando uma árvore?

Parece que March não ouviu, como se estivesse em transe. Banford respondeu por ela:

– Sim. Estamos tentando derrubá-la faz mais de uma semana.

– Ah. E sozinhas?

– Nellie fez tudo sozinha. Eu não fiz nada – disse Banford.

– Puxa! Deve ter trabalhado muito – disse ele a March em um tom estranhamente gentil. Ela não respondeu, e ficou meio de lado, olhando para longe na direção do mato, como em transe.

– *Nellie!* – gritou Banford, agitada. – Por que não responde?

– Quem? Eu? – disse March, virando-se e olhando ao seu redor. – Alguém falou comigo?

– Sonhando! – disse o velhinho, virando-se com um sorriso. – Deve estar amando, hein, para sonhar acordada.

– Você falou comigo? – perguntou March ao rapaz, como se estivessem a uma distância enorme! Havia um ar de dúvida nos grandes olhos e o rosto estava levemente ruborizado.

– Eu disse que você deve ter trabalhado muito na árvore – respondeu ele de forma cortês.

– Oh, aquilo! Aos pouquinhos. Ela já devia ter caído.

– Felizmente não caiu durante a noite, para nos assustar – disse Banford.

– Deixe que eu acabo o serviço para você – disse ele.

March inclinou o cabo do machado na direção dele.

– Quer mesmo? – perguntou.

– Se você deixar.

– Estou doida para vê-la no chão.

– Para que lado ela vai cair? Será que vai cair no galpão?

– Não, não vai cair no galpão. Acho que vai cair para aquele lado desimpedido. Mas pode dar um giro e pegar a cerca.

– Pegar a cerca! – exclamou o velho. – Como pegar a cerca? Inclinada no ângulo em que está? A cerca fica mais longe do que o galpão. Não vai pegar a cerca.

– Não – disse Henry. – Acho que não. Tem muito espaço livre e acho que ela não vai cair em cima de nada.

– Nem vai cair para trás em cima de nós? – perguntou o velhinho, sarcástico.

– Não, não vai cair para trás – disse Henry tirando o casaco curto e a túnica. – Xô! Xô, patos! Saiam daqui!

Uma família de quatro patos salpicados de marrom comandados por um maior apareceu descendo a ladeira, vindo do campo de cima, avançando como barcos em um mar agitado, rumando para a cerca e para o grupo de pessoas, grasnando alvoroçados como se trouxessem notícias da Armada Espanhola.

– Ora, seus trouxas! Seus trouxas! – gritava Banford, correndo para enxotá-los. Mas eles continuavam avançando, abrindo os bicos verde-amarelos e grasnando excitados.

– Não tem comida agora. Vocês vão esperar – disse Banford para eles. – Vão embora! Vão embora! Vão para o pátio.

Eles não obedeceram e ela subiu a cerca para empurrá-los por baixo do portão para o pátio. Finalmente eles voltaram, mexendo o rabo como bicos de gôndolas, e mergulharam por baixo do portão. Banford ficou em pé no alto do barranco, logo acima da cerca, olhando os outros três lá embaixo.

Henry fixou Banford, e deu com os olhos enigmáticos, redondos e fracos que o olhavam por trás dos óculos. Ela estava imóvel. Ele olhou para o alto da árvore seca, já inclinada, e quando desviou os olhos para o céu, como o caçador que acompanha o voo de um pássaro, pensou: "Se a árvore cair desse modo, e girar um pouquinho assim na queda, aquele galho vai bater justamente no lugar onde ela está, no alto daquele barranco."

Henry olhou a moça de novo. Ela afastava o cabelo da testa, um gesto muito constante dela. No íntimo, ele decidiu a morte dela. Parecia haver nele uma terrível força concentrada, e um poder que era só dele. Se ele se desviasse apenas uma fração de milímetro no rumo errado, perderia esse poder.

– Cuidado aí, Srta. Banford – gritou ele, e o coração ficou parado no terrível e puro desejo de que ela não se mexesse.

– Quem? Eu? Ter cuidado? – disse ela, imitando o falar sarcástico do pai. – Por quê? Você acha que vai me acertar com o machado?

– Não. Mas tenha cuidado com a árvore – respondeu ele calmamente. Porém, o tom da voz pareceu indicar a ela que ele estava apenas fingindo preocupação, e que no fundo queria que ela se afastasse do lugar.

– Não há nenhum perigo – disse ela.

Ele a ouviu. Mas conteve-se friamente, para não perder o poder sobre ela.

– Pode acontecer. É melhor você vir para cá.

– Ora, vamos. Vamos ver a técnica do lenhador canadense – respondeu ela.

– Então lá vai – disse ele, pegando o machado e olhando em volta para ver se havia espaço para manejá-lo.

Houve um momento de imobilidade completa, quando o mundo parecia completamente parado. De repente, o rapaz pareceu crescer enormemente, tendo dado dois golpes rápidos e precisos: a árvore estava decepada, girava lentamente, estranhamente, e caía como se houvesse uma súbita escuridão sobre a Terra. Só ele viu o que estava acontecendo, ninguém mais. Ninguém ouviu o gritinho estranho de Banford quando a ponta escura do galho desceu sobre ela. Ninguém a viu encolher-se um pouco e receber a pancada bem na nuca. Ninguém viu quando ela foi lançada no ar, nem quando caiu como um monte estrebuchante ao pé da cerca. Ninguém, a não ser o rapaz. E ele acompanhou tudo com olhos intensos, como olharia um pato selvagem que tivesse acertado com um tiro. Ferido ou morto? Morto!

Imediatamente ele gritou. Imediatamente March soltou um gemido profundo, que atravessou a tarde. E o pai emitiu um estranho som cavo pela garganta.

O rapaz saltou a cerca e correu para Banford. A nuca e a cabeça eram uma massa de sangue, de horror. O rapaz virou-a. Leves convulsões percorriam o corpo dela. Mas a moça já estava morta. Ele sabia que ela estava morta, sabia na alma e no sangue. A necessidade íntima de sua vida estava sendo cumprida – era ele quem devia viver. O espinho fora arrancado de suas entranhas.

Então ele a deitou delicadamente. Ela estava morta.

O rapaz se ergueu. March estava em pé, petrificada, absolutamente imóvel. O rosto dela era branco como cera, os olhos eram dois lagos negros. O velhinho pulava a cerca com dificuldade.

– Acho que ela morreu – disse o rapaz.

O velho balbuciava, incrédulo, enquanto transpunha a cerca.

– O quê?! – gritou March estremecendo.

– Acho que morreu – repetiu o rapaz.

March veio se aproximando. O rapaz saltou a cerca antes que ela a alcançasse.

– O que foi que disse? Morreu? – perguntou ela quase num grito.

– Acho que sim.

Ela ficou mais branca ainda, assustadoramente branca. Os dois estavam de frente um para o outro. Os olhos negros de March o olhavam com um derradeiro desejo de resistência. De repente, num último fracasso agoniado, ela foi tomando um tom acinzentado, e começou a chorar um choro agitado de criança que não quer chorar mas que, ferida por dentro, cai em um tremor de soluços que ainda não é pranto porque faltam as lágrimas.

Ele vencera. Ela ficou ali absolutamente desamparada, tremendo em soluços secos, a boca tremendo também. De repente, ainda como uma criança, as lágrimas vieram em fluxo e March entrou em uma crise cega de choro. Em sua altura, ele a olhava de cima, mudo, pálido, numa superioridade aparentemente eterna. Ele não se mexia, apenas a olhava de cima. E em meio à tortura da cena, da tortura que ele também sentia no íntimo, ele estava feliz por ter vencido.

Depois de um longo intervalo, ele curvou-se e tomou-se as mãos.

– Não chore – disse ele com uma voz suave. – Não chore.

Ela ergueu o olhar para ele, as lágrimas ainda escorrendo, com olhos que transmitiam desamparo e submissão. Ela o mirava como se não o visse, mas não tirava os olhos dele. March não o deixaria mais. Ele a conquistara. Ele sabia disso e estava feliz, porque a queria para a vida toda. A vida dele precisava dela. Agora ela lhe pertencia. Era o que a vida dele queria.

Mas, apesar de a ter conquistado, ele ainda não a possuía. Casaram-se no Natal, como combinado, e Henry conseguiu mais dez dias de licença. Viajaram para a Cornualha, para a aldeia dele à beira-mar. O rapaz compreendeu que seria impossível para ela continuar na granja.

Apesar de pertencer a ele, de viver à sombra dele, como se não pudesse se afastar nunca, ela não era feliz. Não queria deixá-lo, mas não se sentia à vontade com ele. Tudo em volta parecia observá-la, pressioná-la. Ele vencera, ela estava com ele, era a esposa dele. Ela pertencia a ele, sabia disso; mas não estava feliz, e ele se inquietava. Ele sentia que, apesar de estar casado com ela, e de possuí-la em todos os sentidos possíveis – aparentemente – e de ela *querer* que ele a possuísse, de não querer nada mais, ele ainda não vencera completamente.

Faltava alguma coisa. Em vez de estar animada com uma vida nova, a alma dela parecia pender e sangrar, como se estivesse ferida. Ela costumava passar um longo tempo sentada com as mãos na dele, olhando para o mar ao fundo. Em seus olhos escuros e vazios havia uma espécie de ferida, e o rosto parecia preocupado.

Quando ele falava, ela se voltava para ele com um sorriso mortiço, o leve sorriso estranho de uma mulher que morrera apaixonada à maneira antiga e não poderia acordar para um novo amor. Ela ainda sentia que precisava fazer alguma coisa, se aplicar em algum rumo novo, e nada havia para fazer, não havia nenhum rumo em que se aplicar. E ela não podia aceitar a submersão em que o amor novo a queria afogar. Se ela amava, precisava investir realmente nesse amor. Ela sentia a necessidade cansativa de investir no amor. Mas sabia que, na verdade, não devia forçar o amor, ele não aceitaria um amor que precisasse ser forçado para existir, de fato. Isso o deixaria infeliz. Não, ela precisava ser passiva, aquiescente, e mergulhar sob a superfície do amor. Ela precisava ser como as algas marinhas que viu quando estava no barco, aquelas algas se balançando eternamente, mansamente sob a água, com fibrilas delicadas se afogando com ternura no líquido, sensíveis, completamente sensíveis e receptivas no mar turvo, e nunca, jamais, emergindo para olhar por cima da água enquanto vivas. Jamais. Jamais olhando por cima da água enquanto vivas, e, só depois de mortas, aparecendo na superfície, boiando como cadáveres. Enquanto vivas, sempre submersas, sempre sob as ondas. Sob as ondas elas podem ter raízes fortes, mais fortes do que ferro; podem ser tenazes e perigosas no macio balançar do meio líquido. Debaixo d'água elas podem ser mais poderosos, mais indestrutíveis do que o carvalho resistente na terra; mas sempre debaixo d'água, sempre debaixo d'água. E ela sendo mulher, devia ser assim.

Estivera tão habituada justamente ao oposto disso. Era ela quem se encarregava de pensar no amor e na vida, e de assumir as responsabilidades. Dia após dia ela fora responsável pelo dia seguinte, pelo ano seguinte: pela saúde, pela felicidade e bem-estar da amada Jill. Na verdade, à sua maneira limitada, ela se sentira responsável pelo bem-estar do mundo. Esse fora o seu grande estímulo, esse sentimento grandioso de que, em sua esfera limitada, ela era responsável pelo bem-estar do mundo.

E ela fracassara. Ela sabia que, mesmo à sua maneira limitada, fracassara. Não conseguira satisfazer seu próprio senso de responsabilidade. Era tão difícil. Parecera tão grandioso e fácil, a princípio. E quanto mais tentava, mais difícil ficava. Parecera tão fácil fazer feliz a criatura amada. E quanto mais se esforçava, mais difícil se tornara. Era terrível. A vida inteira ela tentara, tentara, e o que alcançar parecia tão perto, até não poder alcançar mais longe. E o objetivo estava sempre mais longe.

Sempre mais longe, vago, inatingivelmente longe, e no fim, ela sentiu-se no vazio. A vida que ela tentara alcançar, a felicidade procurada, o bem-estar procurado, recuaram para longe, tornaram-se irreais, por mais que ela se esforçasse por alcançá-los. Ela buscava um objetivo, uma felicidade – e não havia nada. Vivia sempre aquele angustioso procurar, o esforço por alcançar alguma coisa que estaria. Nem além sequer conseguira fazer Jill feliz. Felizmente Jill estara morta, pois March jamais poderia fazê-la feliz. Jill estaria sempre se consumindo cada vez mais, enfraquecendo cada vez mais. Seus sofrimentos pioravam em vez de melhorar. E assim seria para sempre. Felizmente Jill estava morta.

Se Jill tivesse se casado, seria a mesma coisa. A mulher se esforçando para fazer o homem feliz, esforçando-se em seus próprios limites por fazer o bem-estar de seu mundo. E sempre colhendo fracassos. Pequeninos sucessos fúteis relacionados a dinheiro e carreira. Mas justamente no ponto em que o sucesso era mais desejado, no angustiado esforço de fazer algum amado ser humano feliz e perfeito, aí o fracasso era mais catastrófico. Queremos fazer o ser amado feliz, e a felicidade dele parece sempre atingível. Basta fazer isso, isto e aquilo. Fazemos isso, isto e aquilo com toda boa-fé, e, de cada vez, o fracasso parece mais horrível. Podemos nos dilacerar de amor e nos desgastarmos até os ossos, e as coisas vão sempre de mal a pior, de mal a pior na busca da felicidade. O terrível engano da felicidade.

Pobre March. Em sua boa vontade e em seu senso de responsabilidade ela se esforçara até lhe parecer que a vida toda e tudo o mais representavam apenas um horrível abismo de nada. Quanto mais estendemos a mão para a flor fatal da felicidade, que balança tão azul e linda numa fenda logo adiante, com mais pavor percebemos o perigo do precipício terrível, no qual inevitavelmente cairemos se nos esticarmos um pouco mais. Vamos apanhando uma flor após outra – e nunca apanhamos a flor. A flor mesma – seu cálice é um abismo horrível e sem fundo.

Essa é a história da busca da felicidade, seja a nossa, seja a de outro por nós buscada. Ela termina, como sempre, na sensação apavorante daquele nada no qual inevitavelmente cairemos se nos esticarmos um pouquinho mais.

E as mulheres? Que objetivo pode uma mulher conceber exceto a felicidade? Felicidade para ela e para o mundo inteiro. Isso, e nada mais. Ela assume a responsabilidade e parte para o objetivo. Lá está ele, ao pé do arco-íris. Ou um pouco além, no horizonte azul. Não é longe, nada longe.

Mas o fim do arco-íris é uma fenda sem fundo na qual podemos cair e ficar caindo para sempre, e o horizonte azul é um abismo de nada que pode nos engolir e engolir todos os nossos esforços, e ainda continuar vazio. Nós e nossos esforços. Eis a ilusão da felicidade atingível!

Pobre March, que partira tão feliz para a sua meta, para o horizonte azul. E quanto mais andou, mais consciência teve do vazio. Finalmente, o sofrimento, a insanidade.

Felizmente estava acabado. Agora ela estava satisfeita por poder sentar-se na praia e olhar o mar, sabendo que a luta havia terminado. Nunca mais ela lutaria pelo amor e pela felicidade. E Jill estava salva na morte. Pobre Jill! Pobre Jill! Devia ser agradável estar morta.

Quanto a March, a morte não era o seu destino. Ela teria que entregar seu destino ao rapaz. Mas – e ele? Ele queria mais do que isso. Queria que ela se entregasse sem defesas, que afundasse e submergisse nele. E ela – ela queria ficar sentada parada, uma mulher no derradeiro marco da estrada, olhando. Ela queria olhar, saber, entender. Queria ficar sozinha – com ele ao lado.

E ele? Ele não queria que ela olhasse mais, visse mais, entendesse mais. Queria velar o espírito dela, como os orientais velam o rosto da mulher. Queria que ela se rendesse a ele e adormecesse seu espírito independente. Queria tirar dela todo esforço, tudo que parecia representar sua razão de existir. Queria fazê-la submeter-se, entregar-se, dispensar cegamente toda a sua forte consciência. Queria retirar dela o consciente e fazer dela apenas sua mulher. Apenas sua mulher.

Ela estava cansada, muito cansada, como uma criança que quer dormir mas que luta contra o sono como se o sono fosse a morte. Ela arregalava os olhos no obstinado esforço de continuar acordada. Tinha de ficar acordada. Tinha de saber. Tinha de pensar, julgar e decidir. Tinha que sustentar as rédeas de sua vida em suas próprias mãos. Tinha que ser uma mulher independente até o fim. Mas estava tão cansada, tão cansada de tudo. E o sono estava perto. E havia tanto repouso e descanso naquele rapaz.

Mas ali, sentada em um nicho dos altos rochedos do oeste da Cornualha, olhando o mar, ela arregalava cada vez mais os olhos. A oeste ficavam os Estados Unidos e o Canadá. Ela haveria de saber e de ver o que a esperava. Sentado ao lado dela, olhando as gaivotas sobre a água, o rapaz tinha um ar preocupado e um traço de aborrecimento nos olhos. Ele queria vê-la dormindo, em paz nele. E ali estava ela, esforçando-se brutalmente por ficar acordada. Ela não ia dormir. Nunca. Às vezes ele pensava que devia tê-la abandonado. Ele jamais devia ter matado Banford. Devia ter deixado que March e Banford se matassem.

Mas era apenas impaciência, e ele sabia disso. Ele estava esperando, esperando para partir para o oeste. Estava ansioso, quase impaciente, por deixar a Inglaterra, ir para o Oeste, levar March. Deixar aquela praia! Henry pensava que, quando atravessasse o mar, quando deixasse a Inglaterra – que ele tanto detestava por lhe parecer que o local o tivesse envenenado –, March adormeceria. Ela fecharia os olhos e finalmente, se renderia a ele.

Aí então ele a teria, e teria finalmente sua própria vida. Ele se irritava ao sentir que não tinha sua própria vida. Jamais a teria enquanto March não se rendesse e não adormecesse nele. E então ele teria finalmente sua própria vida de macho e de jovem, e ela teria toda a vida dela como fêmea e não como mulher. Não existiria mais nada como essa terrível pressão. Ela não seria mais como um homem, uma mulher independente com responsabilidades de homem. Até a responsabilidade por sua alma feminina ela teria que entregar a ele. Ele sabia que seria assim, e obstinadamente resistia a ela, aguardando o momento da sua rendição.

– Você vai se sentir melhor quando estivermos no Canadá, do outro lado deste mar – disse ele, quando se sentaram entre as pedras do rochedo.

Ela desviou os olhos para o horizonte, como se aquela que via não fosse real. Depois, olhou para o rapaz com um olhar cansado e tenso de criança que luta contra o sono.

– Será?

– Vai sim – respondeu ele.

As pálpebras dela foram se fechando inconscientemente ao peso do sono. De repente, ela as abriu de novo e disse:

– É. Talvez. Quem sabe? Não sei como vai ser lá do outro lado.

– Se pudéssemos ir já! – disse ele com sofrimento na voz.

87

2
A sombra no roseiral

Um rapaz jovem e baixo estava sentado à janela de um bonito chalé à beira-mar, tentando persuadir-se de que lia o jornal. Eram cerca de 8h30. Do lado de fora, as rosas esplendorosas pendiam sob o brilho do sol matinal como pequenas bolas de fogo voltadas para cima. O rapaz olhou para a mesa, em seguida para o relógio na parede, depois para seu grande relógio de pulso de prata. Uma expressão de resignação inflexível surgiu em seu rosto. Depois, levantou-se e examinou os quadros a óleo pendurados nas paredes da sala, dando atenção cuidadosa, mas hostil, à obra intitulada *Veado acuado*. Tentou levantar a tampa do piano, e encontrou-a trancada. Vislumbrou seu próprio rosto em um pequeno espelho, puxou seu bigode castanho, e um vivo interesse saltou-lhe dos olhos. Ele não era feio. Torceu o bigode. Seu corpo era pequeno, mas bastante ágil e vigoroso. Ao se virar do espelho, uma expressão de autocomiseração misturava-se com a apreciação de sua própria fisionomia.

Em um estado de supressão de si mesmo, dirigiu-se ao jardim. Sua jaqueta, contudo, não parecia abatida. Era nova e tinha um ar moderno e autoconfiante, vestindo um corpo confiante. Ele contemplou o ailanto que florescia próximo ao gramado, depois caminhou para a próxima planta. Havia uma macieira arqueada, coberta de frutos vermelho-acastanhados, que ainda era promissora. Olhando ao redor, ele colheu uma maçã e, com as costas para a casa, deu uma mordida hábil e penetrante no fruto. Para sua surpresa, a maçã estava doce. Ele pegou outra.

Depois, novamente, voltou-se para examinar as janelas do quarto de dormir que davam para o jardim. Estremeceu ao ver um vulto de mulher; mas era apenas sua esposa. Ela olhava para o mar, aparentemente ignorando o marido.

Por um ou dois minutos, ele olhou para ela, observando-a. Era uma mulher atraente, que parecia mais velha que ele, bastante pálida mas saudável, o rosto terno. Seu vasto cabelo castanho-avermelhado estava preso, com algumas mechas sobre sua testa. Parecia isolada dele e de seu mundo, fixando o olhar no mar. O marido irritou-se por ela continuar absorta, ignorando-o; ele arrancou frutos de papoula e atirou os contra a janela. Ela sobressaltou-se, olhou para ele com um sorriso ardente, e voltou a desviar o olhar. Então, quase no mesmo instante, abandonou a janela. Ele entrou em casa para ir ao seu encontro. Ela tinha uma bela postura, muito altiva, e usava um vestido de musselina branca macia.

– Já esperei o bastante – disse ele.

– Por mim ou pelo café? – perguntou ela com leveza. – Sabe que dissemos nove horas. Imaginei que você dormiria bem, depois da viagem.

– Sabe que sempre me levanto às cinco, e não consegui ficar na cama depois das seis. Em uma manhã como esta, tanto se poderia estar na mina como na cama.

– Não pensei que você se lembraria da mina aqui.

Ela se moveu de um lado para outro, examinando a sala, olhando para os ornamentos sob proteções de vidro. Ele, parado sobre o tapete da lareira, observou-a com uma certa indulgência um pouco inquieta e relutante. Ela então encolheu os ombros.

– Venha – disse, tomando o braço dele – vamos para o jardim até a Sra. Coates trazer a bandeja.

– Espero que ela seja rápida – disse ele, puxando o bigode.

Ela soltou uma risada curta, e apoiou-se no braço dele ao caminharem. Ele havia acendido o cachimbo.

A Sra. Coates entrou na sala quando eles desciam a escada. A senhora idosa, encantadora e ereta correu para a janela, para ter uma boa visão dos visitantes. Seus olhos azul-claros brilharam quando observou o jovem casal descer o caminho, ele caminhando de forma despreocupada, confiante, levando a esposa pelo braço. A proprietária do chalé começou a falar consigo mesma, com um leve sotaque do condado de York.

– São da mesma altura. Ela não se casaria com um homem mais baixo, acredito, embora ele não seja igual a ela em mais nada.

Neste momento entrou sua neta, pousando uma bandeja sobre a mesa. A garota se colocou ao lado da mulher.

– Ele andou comendo as maçãs, vovó – falou.

– É mesmo, querida? Bem, se isso o deixa feliz, por que não?

Do lado de fora, o homem jovem, atraente, ouvia com impaciência o tinir das xícaras de chá. Afinal, com um suspiro de alívio, o casal entrou para o café da manhã. Depois de comer por algum tempo, o rapaz ficou imóvel um momento e disse:

– Acha que este local é melhor do que Bridlington?

– Acho! – disse ela. – Muito melhor! Além disso, aqui estou em casa. Não é como um local estranho à beira-mar, para mim.

– Quanto tempo viveu aqui?

– Dois anos.

Ele voltou a comer, pensativo.

– Imaginei que você preferiria ir para um lugar novo – disse ele, afinal.

Ela permaneceu calada, e depois, delicadamente, tentou descobrir algo.

– Por quê? – perguntou. – Acha que não me divertirei?

Ele riu à vontade, passando a geleia densa no pão.

– Espero que se divirta! – disse.

Ela o ignorou de novo.

– Mas não comente nada sobre isso no vilarejo, Frank – disse ela, com ar casual. – Não diga quem eu sou, ou que vivi

90

aqui. Não há ninguém que eu queira encontrar especialmente, e nunca nos sentiríamos livres se me reconhecessem.

– Por que veio, então?

– "Por quê?" Você não entende por quê?

– Não, se não quer encontrar ninguém.

– Vim ver o lugar, não as pessoas.

Ele não disse mais nada.

– As mulheres – disse ela – são diferentes dos homens. Não sei por que eu quis vir... mas eu vim.

Ela o serviu de outra xícara de chá, com solicitude.

– Apenas – prosseguiu – não fale sobre mim no vilarejo. – Riu, vacilante. – Sabe, não quero que usem meu passado contra mim. – E moveu as migalhas sobre a toalha com a ponta do dedo.

Ele a olhou enquanto tomava o café, sugou o bigode, e pousando a xícara, disse, fleumático:

– Aposto que teve um passado considerável.

Com uma leve culpa que o envaideceu, ela baixou os olhos para a toalha da mesa.

– Bem – falou ela em um tom afável – você não me delatará, não dirá quem sou, não é?

– Não – respondeu ele, rindo, reconfortado. – Não delatarei você.

Estava satisfeito.

Ela permaneceu em silêncio. Depois de alguns instantes, ergueu a cabeça, dizendo:

– Preciso combinar algumas coisas com a Sra. Coates e fazer várias outras. Assim, é melhor você sair sozinho esta manhã. E esteja aqui para o almoço à uma da tarde.

– Mas não ficará com a Sra. Coates a manhã toda – disse ele.

– Oh, bem... tenho algumas cartas para escrever e devo tirar aquela mancha da minha saia. Tenho muito o que fazer hoje. É melhor sair sozinho.

Ele percebeu que ela queria se livrar dele e, assim, quando ela subiu, ele pegou o chapéu e saiu para os penhascos, com uma raiva recalcada.

Minutos depois, ela também saiu. Usava um chapéu com rosas e no pescoço um grande lenço de renda sobre o vestido branco. Muito nervosa, abriu o guarda-sol e seu rosto ficou parcialmente escondido na sombra colorida. Ela caminhou pela trilha estreita de lajes, marcada pelos pés dos pescadores. Parecia evitar tudo ao seu redor, como se só se sentisse segura na leve obscuridade da sombrinha.

Ultrapassou a igreja, e desceu a vereda até chegar a um alto muro à beira do caminho. Caminhou devagar, parando, por fim, em uma entrada aberta, que brilhava como um quadro de luz no muro escuro. Ali, na magia além do vão, padrões de sombra jaziam sobre o pátio ensolarado e sobre os seixos azuis e brancos do calçamento, enquanto um caminho verde brilhava além, onde um loureiro cintilava nas extremidades. Ela avançou nervosamente, na ponta dos pés, para o pátio, olhando para a casa, que permanecia na sombra. As janelas sem cortinas pareciam escuras e sem vida e a porta da cozinha estava aberta. Relutante, ela deu um passo à frente, e mais outro, inclinando-se ansiosamente em direção ao jardim e além.

Ela havia quase chegado ao canto da casa quando um passo pesado se aproximou, rangendo através das árvores. Um jardineiro surgiu diante dela. Ela segurava uma bandeja de vime onde rolavam groselhas escuras, grandes e bem maduras. O homem se moveu devagar.

– O jardim não está aberto hoje – falou de modo sereno à mulher atraente que se preparava para recuar.

Por um momento ela ficou em silêncio com a surpresa. Como, afinal de contas, o jardim poderia ser público?

– Quando está aberto? – perguntou, com raciocínio rápido.

– O pastor permite visitas às sextas e terças-feiras.

Ela ficou imóvel, refletindo. Como era estranho imaginar o pastor abrindo seu jardim ao público!

– Mas todos estarão na igreja – disse ela, de maneira persuasiva, ao homem. – Não há ninguém aqui, há?

Ele se moveu, e as grandes groselhas rolaram.

– O pastor vive no novo vicariato – disse ele.

Os dois ficaram parados. Ele não queria lhe pedir para sair. Afinal, ela se virou para ele com um sorriso cativante.

– Posso dar uma olhada nas rosas? – persuadiu-o com boas maneiras, mas também com obstinação.

– Suponho que não faria mal – disse ele, afastando-se para um lado. – Não demorará muito...

Ela avançou, esquecendo-se rapidamente do jardineiro. Seu rosto se tornou tenso, os movimentos ansiosos. Olhando ao redor, viu que todas as janelas que davam para o caminho estavam sem cortinas e escuras. A casa tinha uma aparência estéril, como se ainda fosse usada mas não mais habitada. Uma sombra parecia cobri-la. Ela atravessou o caminho em direção ao jardim, através de um arco de trepadeiras carmesins, formando um portão de cor. Além, jazia o calmo mar azul no interior da baía, nebuloso com a manhã, e a mais distante faixa de continente, de rocha negra, projetando-se sombriamente entre o azul do céu e o da água. Seu rosto começou a se iluminar, transfigurado de dor e de alegria. A seus pés, o jardim descia, escarpado, todo ele era uma confusão de flores, e bem abaixo estava a escuridão dos topos das árvores cobrindo o riacho.

Ela se voltou para o jardim cintilante de flores ensolaradas ao seu redor. Conhecia o pequeno canto onde ficava o banco sob o teixo. Depois, havia o terraço onde um grande grupo de flores cintilava, e, em seguida, dois caminhos desciam, um de cada lado do jardim. Ela fechou a sombrinha e caminhou devagar entre a profusão de flores. Em toda a volta havia roseiras, grandes canteiros de rosas, depois rosas pendendo e precipitando-se de pilares, ou equilibrando-se nas roseiras comuns. Próximo à clareira havia muitas flores também. Se ela erguesse a cabeça, veria o mar que se levantava além, e o Cabo.

Desceu a trilha devagar, demorando-se, como alguém que volta ao passado. Logo ela estava tocando algumas rosas compactas, carmesins, lisas como o veludo, tocando-as pensativa, sem consciência, como uma mãe acaricia às vezes a mão do filho. Ela se inclinou ligeiramente para as flores a fim de sentir-lhes o perfume. Depois avançou, perambulando absorta. Às vezes, uma rosa cor de chama, sem aroma, a atraía. Ela ficava olhando fixamente para a rosa, como se fosse incapaz de compreendê-la. Uma vez mais, a mesma brandura de intimidade a tocou, quando se viu diante de um amontoado de pétalas cor-de-rosa caídas. Depois, ficou admirada com a rosa branca, que era esverdeada no centro, como gelo. Assim, devagar como uma borboleta branca, patética, desceu o caminho e chegou finalmente a um pequeno terraço cheio de rosas. Pareciam encher o local, em uma aglomeração alegre, banhada pelo sol. Ela se sentiu tímida diante delas, tantas eram e tão brilhantes! Pareciam conversar e rir. Ela se sentiu no meio de uma multidão estranha. Isto a regozijou, transportou-a para fora de si mesma. Corou de excitação. O ar era puro aroma.

Apressada, dirigiu-se a um pequeno banco entre as rosas brancas, e sentou-se. Sua sombrinha escarlate constituía uma mancha compacta de cor. Ela ficou imóvel, sentindo sua própria existência deslizar. Não era mais que uma rosa que não podia florescer, mas permanecia tensa. Uma pequena mosca pousou em seu joelho, sobre seu vestido branco. Ela observou o inseto como se este houvesse caído sobre uma rosa. Ela não era ela mesma.

Depois, estremeceu violentamente quando uma sombra a atravessou e uma figura se moveu até seu campo de visão. Era um homem que, de chinelos, se acercara despercebido. Usava um casaco de linho. A manhã se quebrou, o encantamento se esvaiu. Ela tinha medo de ser interrogada. Ele avançou. Ela se ergueu. Então, ao vê-lo, a força a abandonou e ela voltou a afundar o corpo no banco.

Era um homem jovem, de aparência militar, ligeiramente corpulento. O cabelo preto estava penteado, liso e brilhante, o bigode também era liso. Mas havia algo errante em sua maneira de andar. Ela ergueu a cabeça, pálida até os lábios, e viu seus olhos. Eram negros, e olhavam sem ver. Não eram os olhos de um homem. Ele se dirigia a ela.

Olhou-a fixamente, fez uma saudação inconsciente, e sentou-se ao lado dela no banco. Mexeu-se, mudou os pés de posição, e disse, em tom bem-educado, de comando:

– Não a incomodo, não é?

Ela estava muda e indefesa. Ele se vestia com esmero, em roupas escuras e casaco de linho. Ela não conseguia se mover. Vendo as mãos do rapaz, o dedo mínimo com o anel que ela conhecia tão bem, sentiu como se fosse enlouquecer. O mundo todo estava transtornado. Continuou sentada, inútil. Porque as mãos dele, que eram seus símbolos de amor apaixonado, enchiam-na de horror enquanto repousavam, agora, sobre as coxas grossas.

– Posso fumar? – perguntou ele, íntimo, quase em segredo, a mão a caminho do bolso.

Ela não foi capaz de falar; mas não importava, ele estava em outro mundo. Ela pensou, ansiosa, se ele a reconhecia – se podia reconhecê-la. Estava pálida de angústia. Mas tinha que prosseguir.

– Não tenho fumo – disse ele, pensativo.

No entanto, não dava atenção às suas palavra; ela somente prestava atenção nele. Seria ele capaz de reconhecê-la, ou tudo se fora? Permaneceu imóvel em uma espécie de expectativa congelada.

– Fumo John Cotton – disse ele – e tenho que economizar, é caro. Sabe, não me sinto muito bem enquanto estas ações judiciais estão em andamento.

– Não – disse ela, o coração frio, a alma rígida.

Ele se moveu, fez uma saudação indefinida, levantou-se e se foi. Ela continuou ali imóvel. Podia ver seu vulto, o corpo que ela amara com toda a sua paixão: a cabeça compacta de soldado, a bela figura agora flácida. E não era ele. Aquilo a enchia de um horror difícil de suportar.

De repente, ele voltou, a mão estava agora no bolso da jaqueta.

– Importa-se se eu fumar? – perguntou. – Talvez eu seja capaz de ver as coisas com mais clareza.

Sentou-se ao lado dela, enchendo o cachimbo. Ela observou suas mãos: os dedos bonitos, fortes. Eles sempre tiveram a tendência de tremer levemente. Isto a surpreendera, muito tempo atrás, em um homem tão saudável. Agora eles se moviam sem precisão, e o tabaco caía para fora do cachimbo.

– Tenho assuntos legais para tratar. Negócios desse tipo são sempre incertos. Digo ao meu advogado o que quero com exatidão e precisão, mas nunca consigo que o faça.

Ela permaneceu parada e ouvindo-o falar. Mas não era ele. Aquelas mãos, no entanto, eram as que ela havia beijado. Lá estavam os olhos negros, cintilantes e misterioso, que ela amara. Contudo, não era ele. Ficou imóvel, horrorizada e silenciosa. Ele deixou cair a bolsa que guardava o fumo e tateou o chão procurando. Ela devia esperar, então, para ver se ele a reconheceria. Por que ela não podia ir embora? Em um instante, ele se levantou.

– Devo ir imediatamente – disse ele. – O coruja está vindo. – Depois acrescentou, em tom de confidência: – Na verdade ele não se chama coruja, mas eu o chamo assim. Preciso ir e ver se ele chegou.

Ela se ergueu também. Ele permaneceu diante dela, indeciso. Era um tipo atraente, corajoso, mas lunático. Os olhos dela o examinaram e reexaminaram, para ver se ele a reconhecia, se ela podia descobri-lo.

– Não me conhece? – perguntou ela, do terror de sua alma, de pé, sozinha.

Ele se voltou para olhá-la, de forma enigmática. Ela teve que sustentar seus olhos. Eles brilharam sobre ela, mas sem compreensão. O homem se acercou um pouco.

– Sim, conheço – disse, com o olhar fixo, concentrado, mas louco, aproximando seu rosto do dela.

O pavor da mulher não tinha limites. O forte lunático se aproximava demais dela.

Um homem se acercou, apressado.

– O jardim não está aberto hoje – disse.

O homem louco parou e olhou para o outro. O guarda se dirigiu ao banco e ergueu a bolsa de fumo que caíra ali.

– Não deixe seu tabaco, senhor – disse ele, levando a bolsa para o cavalheiro de casaco de linho.

– Eu acabava de convidar esta moça para ficar para o almoço – respondeu o homem, com polidez. – Ela é uma amiga minha.

A mulher se virou e caminhou depressa, às cegas, entre as rosas banhadas pelo sol. Saiu do jardim, passou pela casa com janelas vazias, escuras, atravessou o pátio de seixos e chegou à rua. Avançou apressada sem nada ver, sem hesitação, sem saber para onde ir. Assim que chegou ao chalé, subiu, tirou o chapéu e sentou-se na cama. Era como se alguma membrana nela houvesse sido partida em duas, de forma que ela não era mais um ser que pudesse pensar e sentir. Ficou imóvel, olhando através da janela, onde um amontoado de hera oscilava devagar, para cima e para baixo, ao vento do oceano. Havia no ar uma luminosidade estranha, do mar banhado pelo sol. Ela continuou inteiramente paralisada, sem qualquer sopro de vida. Sentia apenas que podia estar doente, e que seria, talvez, o sangue que sentia solto em suas entranhas dilaceradas. Ficou sentada sem se mover passiva.

Depois de algum tempo, ouviu os passos pesados do marido no andar abaixo. Sem se mexer, registrou seu movimento. Percebeu seu andar desapontado saindo de novo, depois sua voz falando, respondendo, tornando-se mais animada, e seu caminhar sólido aproximando-se.

Ele entrou, corado, muito satisfeito. Havia um ar de complacência na sua figura alerta, robusta. Ela se moveu depressa. Ele vacilou ao abordá-la.

– O que há? – perguntou com um tom de impaciência na voz. – Não se sente bem?

Isso era uma tortura para ela.

– Estou bem – replicou ela.

Os olhos castanhos se tornaram intrigados e cheios de cólera.

– O que há? – perguntou.

– Nada.

Ele deu alguns passos e parou, obstinado, olhando pela janela.

– Encontrou alguém? – indagou.

– Ninguém que me conheça – disse ela.

As mãos dele começaram a crispar-se. Exasperava-o o fato de que ela não tivesse mais a mesma preocupação sensível para com ele. Era como se ele não existisse. Virando-se para ela, perguntou, afinal.

– Algo aborreceu você, não?

– Não. Por quê? – disse ela com neutralidade.

Ele não existia para ela, exceto como uma fonte de irritação.

A cólera do rapaz cresceu, enchendo-lhe as veias do pescoço.

– Parece – disse ele, esforçando-se para não demonstrar sua raiva, porque esta lhe parecia sem sentido.

Ele se afastou e desceu. A mulher permaneceu sentada na cama, e com o resto de sentimento que lhe restava, sentiu aversão pelo marido, porque ele a atormentava. O tempo passou. Ela pôde sentir o aroma do jantar sendo servido, o odor da fumaça do cachimbo do marido no jardim. Mas não podia se mover. Não tinha vida. Houve um tinido do sino. Ela o ouviu entrar. Ele subiu novamente as escadas. A cada passo o coração da mulher apertava mais. Ele abriu a porta.

– O jantar está servido – falou.

Era difícil para ela suportar sua presença, porque ele invadia sua privacidade. Não lhe era mais possível recuperar sua vida. Ergueu-se rigidamente e desceu. Não conseguiu comer ou falar durante a refeição. Permaneceu lá, sentada, ausente, dilacerada, sem qualquer vida própria. Ele tentou prosseguir como se nada tivesse acontecido. Mas, por fim, tornou-se silencioso e furioso. Assim que possível, ela subiu novamente e trancou a porta do quarto. Precisava ficar sozinha. O marido foi com seu cachimbo para o jardim. Toda a cólera reprimida contra a mulher, que se mantinha superior a ele, preencheu e enegreceu seu coração. Embora não o soubesse, ele jamais a tivera realmente, ela jamais o amara. Ela o havia aceito com sofrimento. Isto o havia frustrado. Ele era apenas um eletricista em uma mina, ela lhe era superior. Ele sempre cedera a ela. Mas, durante todo o tempo, a injúria e ignomínia tinham trabalhado em sua alma porque a esposa não o levava a sério. E agora, toda a sua raiva explodia contra ela.

Virou-se e entrou. Pela terceira vez, ela ouviu o marido subir as escadas. Seu coração parou. Ele moveu o trinco e empurrou a porta – estava trancada. Tentou de novo, com mais força. O coração da mulher continuava parado.

– Trancou a porta? – perguntou ele em voz baixa, por causa da proprietária.

– Sim. Espere um minuto.

A mulher se ergueu e abriu o ferrolho, temendo que ele irrompesse no quarto. Ela sentia ódio por ele, porque não a deixava livre. Ele entrou, tinha o cachimbo entre os dentes, e ela voltou à antiga posição sobre a cama. Ele fechou a porta e se encostou nela.

– O que aconteceu? – perguntou, decidido.

A mulher estava farta dele. Não podia olhá-lo.

– Não pode me deixar em paz? – replicou, desviando o rosto.

Ele lhe lançou um olhar rápido, penetrante, trêmulo de desonra. Depois, pareceu refletir por um momento.

– Há alguma coisa acontecendo com você, não há? – perguntou, de forma definitiva.

– Sim – respondeu ela – mas não há razão para atormentar-me.

– Não a estou atormentando. O que aconteceu?

– Por que você deveria saber? – gritou ela, com ódio e desespero.

Algo estalou. Ele estremeceu e pegou o cachimbo que lhe caía da boca. Então, com a língua, empurrou para a frente o bocal mordido, tirou-o dos lábios e olhou para ele. Em seguida, abandonou o cachimbo e limpou a cinza do colete. Depois, levantou a cabeça.

– Quero saber – falou.

Seu rosto estava pálido, acinzentado, e horrivelmente transformado.

Nenhum dos dois olhava para o outro. Ela sabia que ele estava zangado agora. O coração do rapaz batia fortemente. Ela odiava, mas não podia contrariá-lo neste momento. De repente, levantou a cabeça e virou-se para o marido.

– Que direito tem você de saber? – perguntou.

Ele a olhou. Ela sentiu uma ponta de surpresa ao ver seus olhos torturados e o rosto fixo. Mas seu coração se endureceu rapidamente. Ela jamais o amara. Não o amava agora.

Mas, subitamente, ergueu outra vez a cabeça depressa, como algo que tenta se libertar. Queria livrar-se daquilo. Não era tanto ele, mas alguma coisa que ela simulara, que a limitava tão terrivelmente. E, tendo aprisionado a si mesma, era mais difícil libertá-la. Mas agora odiava tudo e se sentia destrutiva. Ele permaneceu encostado à porta, sem se mexer, como se fosse se opor à mulher eternamente, até ela morrer. Ela o olhou com frieza e hostilidade. As mãos de trabalhador do homem se espalharam sobre as almofadas da porta atrás de si.

– Sabe que eu vivia aqui? – começou ela com voz dura, como se tivesse a intenção de feri-lo.

Ele concentrou as energias contra ela e concordou com um gesto de cabeça.

– Bem, eu era acompanhante da Srta. Birch, de Torrill Hall. Ela e o pastor eram amigos, e Archie era o filho do pastor. – Houve uma pausa.

100

Ele ouvia sem saber o que acontecia. Olhava fixamente para a esposa. Ela estava agachada sobre a cama, em seu vestido branco, dobrando e tornando a dobrar a bainha da saia com cuidado. Sua voz estava cheia de hostilidade.

– Ele era oficial... um subtenente... Depois brigou com seu coronel e saiu do Exército. De qualquer forma – ela puxava a bainha da saia e o marido, imóvel, observava seus movimentos, que lhe enchiam as veias de loucura – ele gostava muito de mim, e eu, dele. Muito.

– Quantos anos ele tinha? – perguntou o marido.

– Quando... quando o conheci? Ou quando foi embora?

– Quando o conheceu.

– Quando o vi pela primeira vez tinha 26. Tem 31, quase 32, porque estou com 29 anos e ele é quase três anos mais velho...

Ergueu a cabeça e olhou para a parede oposta.

– E o que, então? – perguntou o marido.

Ela enrijeceu e disse com firmeza:

– Fomos noivos durante quase um ano, embora ninguém soubesse. As pessoas até falavam, mas não era abertamente. Depois, ele foi embora...

– Ele lhe deu o fora? – indagou brutalmente o marido, querendo magoá-la, tentando aproximá-la de si, de alguma maneira.

O coração da mulher despertou para uma cólera selvagem.

– Sim – disse ela para encolerizar o marido.

Ele mudou de posição de um para o outro pé, soltando um grunhido de raiva. Houve, então, silêncio por algum tempo.

– Assim – prosseguiu ela, sentia que sua dor dava um tom ridículo às suas palavras –, de repente ele partiu para lutar na África, e quase no mesmo dia em que conheci você a Srta. Birch me disse que ele tivera insolação... e, dois meses mais tarde, falou que ele tinha morrido...

– Isso foi antes de você assumir nosso noivado? – perguntou o marido.

101

Não houve resposta. Por algum tempo ninguém falou. Ele não havia compreendido. Seus olhos se contraíram em uma expressão de repulsa.

– Então, andou percorrendo seus antigos locais de namoro! – exclamou ele. – Por isso quis sair sozinha esta manhã.

Ela não havia respondido ainda. Ele se afastou da porta e foi para a janela. Permaneceu com as mãos para trás, de costas para a esposa. A mulher o olhou. Suas mãos pareceram-lhe grosseiras, a parte posterior da cabeça, insignificante.

Afinal, quase contra sua vontade, ele girou e perguntou:

– E por quanto tempo você continuou com ele?

– O que quer dizer? – replicou ela, friamente.

– Quero dizer, quanto tempo continuou com ele?

Ela ergueu a cabeça, desviando o rosto dele. Recusou-se a responder. Depois, disse:

– Não entendo o que quer dizer com "continuou". Eu o amei desde o primeiro dia em que vi. Dois meses depois fui morar com a Srta. Birch.

– E acha que ele a amava? – escarneceu o marido.

– Sei que me amava.

– Como sabe, se não teve mais nada com ele?

Houve um silêncio prolongado de ódio e sofrimento.

– E até onde vocês dois foram? – perguntou ele, finalmente, com a voz amedrontada, dura.

– Detesto suas perguntas indiretas – gritou ela, descontrolada com a tortura do marido. – Nós nos amávamos e *fomos* amantes, fomos. Não me importo com o que *você pensa*: o que tem a ver com isso? Fomos amantes antes de eu conhecer você!

– Amantes! Amantes! – disse ele, pálido de raiva. – Quer dizer que teve uma experiência com um militar, depois veio até mim para eu me casar com você, quando já tinha...

Ela engoliu sua amargura. Houve uma longa pausa.

– Quer dizer que vocês costumavam ir até o fim? – perguntou ele, ainda incrédulo.

– Ora, o que mais pensa que quero dizer? – gritou ela brutalmente.

Ele estremeceu e empalideceu, tornando-se impessoal. Houve outro silêncio pesado. Ele parecia ter se tornado insignificante e pequeno.

– Nunca pensou em me contar tudo isso antes de casarmos – disse finalmente com ironia amarga.

– Você nunca me perguntou – disse ela.

– Nunca imaginei que houvesse necessidade.

– Bem, então *deveria* pensar.

Ele permaneceu de pé, sem expressão, com o rosto quase como de uma criança, refletindo muito, enquanto o coração parecia enlouquecer de tanta de angústia.

De repente, ela acrescentou:

– Eu o vi hoje. Ele não está morto, está louco.

– Louco! – exclamou ele, involuntariamente.

– Um lunático – disse ela.

Quase lhe custou a razão, pronunciar tal palavra. Houve uma pausa.

– Ele reconheceu você? – perguntou o marido em voz baixa.

– Não.

Ele a encarou. Afinal conhecera a largura do abismo que havia entre eles. Ela continuava acocorada na cama. Ele não conseguiu aproximar-se. Seria uma violação mútua terem contato um com o outro. O assunto devia resolver-se sozinho. Estavam ambos tão chocados, tão impessoais, e não mais se odiavam. Alguns minutos depois, ele a deixou e saiu.

3
A vez da Sra. Radford

Ela era sua segunda esposa e, por essa razão, havia entre eles aquela trégua que nunca é mantida entre um homem e sua primeira mulher.

Ele era alguém notável entre as mulheres e, como tal, uma exceção entre os mineiros de carvão. As mulheres da vizinhança, apesar de seu recato exagerado, gostavam dele. Era grandão, ingênuo, e muito cortês com elas, e era assim mesmo com sua segunda esposa.

Sendo um homem corpulento, de força considerável e saúde perfeita, ganhava bem na mina. Sua cortesia natural lhe evitava inimigos, enquanto o interesse renovado pela vida tornava sua presença sempre agradável. Desta forma, agia com independência, tinha sempre muitos amigos e um bom emprego no poço da mina.

Dava à mulher 35 xelins por semana. Tinha dois filhos adultos em casa e cada um pagava 12 xelins. Havia apenas um filho do segundo casamento; dessa forma, Radford achava que a esposa vivia bem.

Há 18 meses, os homens de Bryan e Wentworth estiveram em greve durante 11 semanas. Durante esse tempo, a Sra. Radford não pôde conseguir do marido os 10 xelins que o sindicato pagava aos grevistas, nem por meio de lisonja, súplica ou censura. Por isso, quando a segunda greve aconteceu, ela estava pronta para a ação.

Radford se dirigia, com bastante modéstia, à mulher do estalajadeiro na Golden Horn. Ela é uma mulher de 40 anos, robusta e condescendente. Seu marido tem 63 anos e é aleijado devido ao reumatismo. Ela fica sentada na pequena sala do bar da hospedaria à beira da estrada, tricotando rapidamente, e tomando, com moderação, goles de um copo de uísque escocês. Quando um homem decente chega ao bar, de 1 metro de largura, ela se ergue, serve-o, examina-o, e, se gosta de sua aparência, diz:

– Não quer entrar, senhor?

Se ele entrar, não encontrará mais de um ou dois homens presentes. A sala é quente, muito pequena. A proprietária da estalagem tricota. Dirige umas poucas palavras polidas ao desconhecido, depois volta a conversar com o homem que mais lhe interessa. Ela é ereta, muito corada e tem os olhos castanhos e indiferentes.

– O que foi que me perguntou, Sr. Radford?

– Qual é a diferença entre o rabo do burro e o arco-íris? – interrogou Radford, que tinha uma paixão cega por adivinhações.

– Todas as diferenças do mundo – replicou a estalajadeira.

– Sim, mas que diferença específica?

– Terei que desistir de novo. O senhor pensará que sou uma idiota.

– Provavelmente, não. Mas, reflita apenas agora, onde...

O enigma ainda não fora resolvido quando entrou uma garota. Era morena, um belo animal. Depois que ela se foi a estalajadeira indagou:

– Sabe quem é aquela?

– Não posso dizer que sei – replicou Radford.

– Ela é filha de Frederick Pinnock, de Stony Ford. Está namorando o nosso Willy.

– É uma bonita moça.

– Sim, muito bonita, realmente. Que tipo de esposa, em sua opinião, ela será para ele?

– Deixe-me refletir um pouco – disse o homem.

Tirou do bolso uma caderneta de anotações e um lápis. A proprietária continuou conversando com os outros fregueses.

Radford era um homem grande, de cabelos negros, bigode castanho, e olhos azul-escuros. A voz, naturalmente grave, soava na garganta e tinha um tom peculiar de tenor. Era bastante rouca e perturbadora. Ele a afinava bastante ao falar, como fazem os homens que conversam muito com mulheres. Havia sempre uma certa indolência em suas maneiras.

– Nosso amo é preguiçoso – dizia sua esposa. – Há muito trabalho para ser feito, mas tente conseguir que ele o faça, se for capaz.

No entanto, ela sabia que ele era apenas negligente em relação a pequenos serviços, e não preguiçoso.

Ele permaneceu sentado, escrevendo por uns dez minutos, ao fim dos quais, leu:

> Vejo uma bela garota cheia de vida.
> Vejo-a pronta para o casamento,
> Mas há ciúme entre suas sobrancelhas
> E ciúme em sua boca.
> Vejo problemas futuros.
> Willy é sensível.
> Ela não lhe faria bem.
> Jamais perceberia quando ele não estivesse bem,
> Só veria o que ela quisesse...

Assim, em frases, ele comunicava seus pensamentos. Ele, normalmente, se atrapalhava ao se expressar e, por conseguinte, tudo mais sério que queria dizer escrevia em "poesia", como ele mesmo dizia.

Num instante a estalajadeira se levantou, dizendo:

– Bem, tenho que cuidar de nosso amo. Voltarei antes de fecharmos.

Radford continuou sentado confortavelmente. Em pouco tempo, também deu boa-noite aos companheiros.

Quando chegou em casa às 11h15, os filhos dormiam e a esposa estava sentada à sua espera. Era uma mulher de estatura mediana, gorda e saudável. O cabelo preto era repartido ao meio, os olhos estreitos eram irônicos e sarcásticos, e a voz fria possuía um sotaque peculiar.

– Vossa senhoria é uma gatinha – disse-lhe ele, com tranquilidade.

O seu rosto extraordinariamente suave e liso era notável. Ela tinha um aspecto robusto.

Ele nunca chegava em casa embriagado. Tendo tirado o casaco e o boné, sentou-se para jantar de camisa. Como quer que ele se portasse, ela era apaixonada pelo marido. Ele tinha um pescoço forte, onde o cabelo crespo escasseava. Por mais zangada que estivesse, ela era fascinada por aquele pescoço, principalmente quando via a grande veia saliente sob a pele.

– Acho, patroa – disse ele –, que prefiro um pedaço de queijo a esta carne.

– Bem, não pode pegá-lo você mesmo?

– Sim, claro que posso – respondeu ele, e se dirigiu à copa.

– Acho que se você chega a esta hora da noite, pode servir-se você mesmo – justificou-se ela.

Moveu-se, pouco à vontade, na cadeira. Havia várias pequenas tortas cobertas de geleia ao lado do queijo, no prato que ele trouxe.

– Sim, patroa, estes doces descerão muito bem – disse ele.

– Oh, é mesmo? Então, seria melhor ajudar a pagar por eles – falou ela, amável, mas com firmeza.

– O que quer, agora?

– O que quero? Ora, não imagina? – disse ela, sarcástica.

– Não estou com vontade de pensar, mulher.

– Não, eu sei que não está. Mas onde está meu dinheiro? Você recebeu o pagamento do sindicato hoje. Onde eu fico nisso?

– A mãezinha pode gastar o dinheiro, quando eu o tiver.

– Obrigada. E não tem nenhum também?

– Não tenho, até sermos pagos, nem meio *penny*.

– Devia ter vergonha de dizer isso.

– Tenho.

– Dividiremos o dinheiro do sindicato – disse ela. – Não é nada, mas serve.

– Não faremos isso. Tem bastante dinheiro para gastar.

– Oh, está bem. Eu me arranjo.

Ela foi dormir. Estava irritada por não conseguir convencê-lo.

No dia seguinte, era a mesma de sempre. Mas, às 11 horas, pegou sua bolsa e subiu até a cidade. O comércio estava muito fraco. Os homens formavam grupos, jogavam bolas de gude em toda parte, nas ruas. Era uma manhã ensolarada. A Sra. Radford entrou na loja de móveis e tapetes.

– Há algumas coisas que quero para a casa – disse ao Sr. Allcock – e farei bem em comprá-las agora, enquanto os homens estão em casa e podem mudar a mobília de lugar para mim.

Colocou a bolsa cheia sobre o balcão com um ruído seco. O homem devia saber que ela não pretendia comprar fiado. Escolheu um tapete de linóleo para a cozinha, uma nova máquina de torcer roupa, um aparelho de café, um colchão de molas e várias outras coisas, ficando com 30 xelins apenas, que amarrou em uma ponta de seu lenço. Na bolsa havia algumas moedas de prata soltas.

O marido cuidava do jardim de forma desorganizada quando ela voltou para casa. Os narcisos floresciam. Os potros no campo, além do jardim, sacudiam os pescoços marrons, aveludados.

– Sente-se aqui, mulher – chamou Radford, do abrigo que ficava a meio caminho da vereda.

Duas pombas arrulhavam em uma gaiola.

– O que tem aí? – perguntou a mulher ao se aproximar.

Ele lhe estendeu a mão grande e suja de terra, onde havia uma tartaruga. O réptil, muito lentamente, punha novamente e cabeça para fora, em busca do calor.

– Ela acordou depressa – disse Radford.

– É como os homens, acordados para o feriado – disse a mulher.

Radford coçou a cabeça escamosa do pequeno animal.

– Estou contente por vê-la acordada – disse ele.

Tinham acabado de jantar quando um homem bateu à porta.

– Da Loja Allcock – disse.

A mulher gorda ergueu a cesta de roupa com a louça de barro que havia comprado.

– O que tem aí? – indagou o marido.

– Há anos que queríamos algumas xícaras de café, e eu fui à cidade esta manhã e comprei-as – replicou a mulher.

Ele a observou tirar a louça da cesta.

– Hum! – exclamou ele. – Parece que andou gastando.

De novo, soou uma batida à porta. O homem colocara um rolo de linóleo no chão. O Sr. Radford foi olhar o tapete.

– Chegam ao mesmo tempo! – exclamou ele.

– Quem mais tem resmungado sobre o oleado rasgado desta cozinha? – disse a voz insidiosa, dissimulada, da esposa.

– Está bem, está bem – falou Radford.

O carroceiro se acercou da entrada trazendo outro rolo, o qual depositou à porta com um grunhido.

– E quanto acha que custa tudo isso? – perguntou Radford.

– Oh, não se preocupe, está tudo pago – respondeu a mulher.

– Quer me dar uma ajuda, patrão? – pediu o carroceiro.

Radford seguiu-o até a entrada com seu andar indolente, negligente. A esposa foi atrás. O colete do marido estava pendido, solto, sobre a camisa. Ela observou seu caminhar indolente de bem-estar enquanto o seguia, e riu consigo mesma.

O carroceiro segurou uma extremidade do colchão de mola e puxou-o para a frente.

– Muito bem, é excelente! – exclamou Radford, ao receber o fardo.

– Agora, a máquina de torcer roupa! – disse o carroceiro.

– O que pensa que andou fazendo, mulher? – perguntou o marido.

– No último dia de lavagem de roupa, eu disse para mim mesma que, se tivesse que girar aquela máquina novamente, você mesmo teria que lavar as roupas.

Radford seguiu novamente o carroceiro até a entrada. Na rua, as mulheres estavam imóveis, observando, e dezenas de homens perambulavam em volta da carroça. Um deles ajudou a carregar a máquina de torcer roupa com solicitude.

– Dê-lhe três *pence* – disse a Sra. Radford.

– Dê você – replicou o marido.

– Não tenho troco menor que meia coroa.

Radford deu a gorjeta ao carroceiro e voltou para o interior da casa. Examinou a fileira de louça, linóleo, colchão, máquina de torcer roupa e outros artigos que enchiam a casa e o pátio.

– Bem, isto tira o fôlego! – exclamou.

– Precisávamos de tudo isso havia muito tempo – disse a mulher.

– Espero que tenha ainda mais dinheiro do que pagou por essas coisas – falou ele, ameaçador.

– É justamente o que não tenho. – Ela abriu a bolsa. – Duas meias coroas é tudo o que possuo no mundo.

Ele permaneceu imóvel, enquanto olhava.

– Está certo – disse ela.

Havia uma certa sensação presunçosa de satisfação na mulher. Uma onda de rancor envolveu o homem, cegando-o. Mas ele esperou e esperou. De repente, ergueu o braço bruscamente e fechou o punho. Os olhos pareciam furiosos ao fixarem na mulher. Ela recuou, trêmula, pálida e assustada. Mas ele deixou o braço pender ao lado do corpo, virou-se e saiu resmungando. Desceu até o abrigo no meio do jardim. Lá, pegou a tartaruga e permaneceu curvado, esfregando a cabeça calosa do animal.

A mulher ficou de pé, hesitante, observando-o. Seu coração estava triste; no entanto, havia uma curiosa e astuta expressão de satisfação em torno de seus olhos. Em seguida, ela entrou em casa e olhou as xícaras novas com admiração.

Na semana seguinte, o marido lhe deu sua meia libra sem dizer uma palavra.

– Com certeza quer algum para você – disse ela, e lhe deu um xelim.

Ele o aceitou.

4
Subvenção do sindicato

O pagamento da subvenção aos operários grevistas pelo sindicato é realizado na Capela Metodista Primitiva. O pregoeiro circulava bem cedo na manhã de quarta-feira para anunciar que o pagamento começaria às 10 horas.

A Capela Metodista Primitiva é um grande prédio rústico, construído, projetado e pago pelos próprios mineiros de carvão. Mas ameaçava ruir e, por fim, foi necessário contratar um arquiteto profissional para realizar os reparos no local.

A capela está situada na praça. Há quarenta anos, quando Bryan e Wentworth abriram suas minas, ergueram as "praças" de moradias dos mineiros. São dois grandes quadriláteros de casas, encerrando uma área nua de terreno, cheia de lixo e vasilhas quebradas que formam uma praça, um playground grumoso, em declive, e grande para as crianças, e uma extensão de varais para a secagem de roupa de muitas mulheres.

Quarta-feira ainda é dia de lavagem de roupa para algumas mulheres. Enquanto os homens se aglomeravam ao redor da capela, ouviam o ruído surdo e repetido de muitas bolsas que as mulheres carregavam, martelando na tina de água com um pilão de madeira. Na praça, as roupas brancas balançavam ao vento de um emaranhamento de varais, e aqui e ali mulheres se cansavam, chamando os mineiros ou as crianças que fugiam sob os lençóis oscilantes.

Ben Townsend, o agente do sindicato, tem um péssimo método de pagamento. Escolhe os homens de acordo com sua rotina e os chama pelo nome. Era um homem grande, retórico, com barba grisalha. Estava sentado à mesa da sala de aula da capela, chamando nome após nome. O local estava repleto de mineiros, e um grupo grande empurrava do lado de fora. Havia muita confusão. Ben saltou da lista da Scargill Street para a da Queen Street. Os homens não estavam preparados para esta lista. Não estavam à vista.

– Joseph Grooby! Joseph Grooby! Ora, Joe, onde está você?

– Espere um pouco! Desculpe! – gritou Joe do lado de fora. – Estou indo.

Os homens faziam uma grande algazarra.

– Estou chamando a Queen Street. Vocês todos, homens da Queen Street, deviam estar prontos. Aqui está você, Joe – disse o agente do sindicato, em voz alta.

– Cinco filhos! – disse Joe, contando o dinheiro com desconfiança.

– Acho que é isso mesmo – soou a voz que se elevava. – Quinze xelins, não é?

– Um xelim por filho – disse o mineiro.

– Thomas Sedgwick. Como vai, Tom? A patroa está melhor?

– Sim, está bem melhor. Tem trabalho duro hoje, Ben.

Isto era sarcasmo pela indolência de um homem que havia abandonado a mina para se tornar agente do sindicato.

– Sim. Acordo às quatro para pegar o dinheiro.

– Não faça mal a si mesmo – foi a resposta, e os homens riram.

– Não. John Merfin!

Mas os mineiros, cansados de esperar, excitados pelo espírito da greve, começaram a zombar. Merfin era jovem e um janota. Era professor do coro da Capela Metodista.

– Seu colarinho está cortando, John? – perguntou uma voz sarcástica no meio da multidão.

– Hino número nove.

Meu rechonchudo filho John, enganado,
Foi para a cama
Vestindo seu melhor terno em lugar do pijama.

Soou o anúncio solene.

O Sr. Merfin, cujos punhos brancos chegavam aos nós dos dedos, pegou sua meia libra e afastou-se, orgulhosamente.

– Sam Coutts! – gritou o pagador.

– Agora, rapaz, conte o dinheiro! – gritou a voz da multidão, deleitada.

O Sr. Coutts era um jovem desempenado, que nunca fazia as coisas direito. Olhou para seus 12 xelins, encabulado.

– Mais 2 xelins! Ele teve gêmeos na noite de segunda-feira. Pegue seu dinheiro, Sam, você o ganhou, você o merece. Sam, não desista dele. Pague-lhe os 2 xelins pelos gêmeos, senhor – soou o clamor dos homens próximos.

Sam Coutts permaneceu de pé, sorrindo, desajeitado.

– Devia ter-nos avisado, Sam – disse o pagador, com delicadeza. – Podemos acertar as coisas com você na próxima semana.

– Não, não, não – gritou uma voz. – Pagamento contra entrega. A mercadoria já está lá.

– Pegue seu dinheiro, Sam, você o merece – o grito era geral e o agente do sindicato teve que entregar outro florim para evitar tumulto.

Sam Coutts riu, satisfeito.

– Bom atirador, Sam – exclamaram os homens.

– Ephraim Wharmby – gritou o pagador.

Um rapaz avançou.

– Dê-lhe 6 *pence* pelo que está a caminho – disse uma voz maliciosa.

– Não, não – retrucou Ben Townsend – pagamento contra entrega.

Houve uma gargalhada estrepitosa. Os mineiros estavam bem-humorados.

Na cidade, reuniram-se em grupos, conversando e rindo. Muitos sentaram de cócoras no mercado. Entraram e saíram dos bares, e, em cada taverna, as meias libras estalavam.

– Vai conosco a Nottingham, Ephraim? – perguntou Sam Coutts ao rapaz magro e pálido, de cerca de 22 anos.

– Não vou caminhar tanto em um dia quente como este.

– Ele não tem força – disse alguém, e soaram risadas.

– Como assim? – interrogou outra voz impertinente.

– Atenção, este rapaz é um homem casado – disse Chris Smitheringale – e dá um duro danado para se manter.

Durante algum tempo, o rapaz foi provocado desta forma.

– Venha a Nottingham conosco; estará a salvo por algum tempo – disse Coutts.

Um bando partiu, embora fossem apenas 11 horas. Era uma caminhada de 13 quilômetros e meio. A estrada estava repleta de mineiros viajando a pé para ver a disputa entre Notts e Aston Villa. No bando de Ephraim estavam Sam Coutts, com seus ombros largos e o florim extra, Chris Smitheringale, gordo e risonho, e John Wharmby, um homem notável, alto, ereto como um soldado, de cabelos pretos e altivo, e que podia tocar qualquer instrumento musical, afirmava.

– Posso arrancar som de um pente virado para cima. Se houver música que possa ser tirada de uma coisa, aposto que farei isto. Não importa que forma ou espécie de instrumento coloquem diante de mim, nem importa que eu nunca tenha posto os olhos nele antes, porque garanto que arrancarei melodia dele em cinco minutos.

Assim, ele divertiu os outros durante os primeiros 3 quilômetros. Era verdade, ele havia causado grande fascínio ao introduzir o bandolim na cidadezinha, enchendo de orgulho os corações de seus companheiros mineiros, quando se sentava no tablado. Era um homem com bela aparência de guerreiro com sua cabeça de cabelos pretos curvada. Tocava o bandolim choroso, com mãos que precisavam, apenas, agarrar o "instrumento" para dominá-lo inteiramente.

Chris pagou uma rodada de bebida no White Bull em Gilt Brook. John Wharmby fez o mesmo no alto de Kimberley.

– Não beberemos de novo – decidiram – até chegarmos a Cinder Hill. Não pararemos em Nuttall.

Avançaram, movendo seus corpos ao longo da estrada, sob árvores que soltavam brotos. No cemitério da igreja em Nuttall, os açafrões cintilavam, dourados, à beira dos teixos negros, harmônicos. Açafrões brancos e purpúreos abraçavam-se sobre as sepulturas, como se o cemitério explodisse em pequenas línguas de fogo.

– Vejam – disse Ephraim, que cuidava dos cavalos na mina –, vejam, aí vem o coronel. Vejam como seu cavalo ergue as patas lindamente!

O coronel passou pelos homens, que o ignoraram.

– Ouviram dizer – falou Sam – como estão aparecendo aos milhares na Alemanha, e que começaram a provocar tumultos?

– E na França também, ao mesmo tempo – gritou Chris. Todos os homens riram.

– Lamento – gritou John Wharmby, muito exaltado –, não devemos voltar com um aumento de menos de vinte por cento.

– Vamos consegui-lo – disse Chris.

– E com facilidade! Eles não podem fazer nada, temos apenas que continuar em greve o tempo que for necessário.

– É o que quero – disse Sam, e houve uma risada.

Os mineiros se entreolharam. Um arrepio correu através deles, como uma corrente elétrica.

– Temos apenas que insistir e veremos quem é o patrão.

– Nós! – gritou Sam. – Ora, o que podem fazer contra nós se existimos no mundo todo?

– Nada! – exclamou John Wharmby. – Os patrões já estão no seu vaivém por aí, como boias de cortiça na rede de pesca.

Havia um grande reservatório natural, uma espécie de lago, perto de Bestwood, que facilitava a comparação.

Novamente, aquela onda de exaltação dominou os homens, acelerando suas pulsações. Riram roucamente. Além de toda a consciência, havia nos corações dos mineiros, naquele momento, a sensação de combate e vitória.

Sugeriu-se, de repente, em Nuttall, que deveriam atravessar os campos até Bulwell e assim chegar a Nottingham. Atravessaram o alqueive em fila de um, passaram pelo bosque e cruzaram a linha férrea, onde nenhum trem corria naquele momento. Dois pastos adiante havia um bando de pôneis de mina. De todas as cores, mas principalmente castanhos ou de pelagem avermelhada. Os animais se amontoavam no pasto, movendo-se muito pouco, e as duas linhas de terra batida mostravam em que local estava colocada a forragem.

– Lá estão os cavalos da mina – disse Sam. – Vamos fazê-los correr.

– Parece um circo. Vejam os malhados. São sete desse tom – disse Ephraim.

Não habituados à liberdade, os pôneis estavam inertes. Às vezes, um dava um giro. Mas estavam imóveis. Havia duas fileiras cerradas de pôneis castanho-avermelhados, malhados e brancos, por sobre o campo pisado. Era um dia bonito, ameno, azul-claro, um "dia criador", como diziam os homens, quando havia o silêncio do fluido vital avolumando-se por toda parte.

– Vamos cavalgar – disse Ephraim.

Os homens mais jovens montaram.

– Vamos. Eia, Taffy! Eia, Ginger!

Os cavalos se agitaram. Mas, vencendo a excitação de estar à superfície da terra, pareciam desorientados e bastante amuados. Sentiam a falta do calor e da vida da mina. Devido a sua aparência, parecia que a vida era um completo vazio para eles.

Ephraim e Sam pegaram dois cavalos, em cujos dorsos correram de uma extremidade a outra do campo, guiando o resto da cavalhada preguiçosa. Os animais eram, em conjunto, bons espécimes, e estavam em boas condições. Mas estavam fora de seu ambiente.

Ephraim, realizando uma proeza ágil demais, rolou de sua montaria. Levantou-se rapidamente, e perseguiu seu cavalo. Foi novamente atirado ao solo. Em seguida, os homens prosseguiram em seu caminho.

Arrastavam-se em direção à miserável Bulwell quando Ephraim, lembrando-se de que chegava a sua vez de pagar a bebida, tateou o bolso em busca da bendita moeda de meia libra, seu pagamento do sindicato. Não estava lá. Procurou em todos os bolsos, e seu coração foi ficando pesado como chumbo.

– Sam – disse – acho que perdi minha meia libra.

– Está em algum lugar, com você – falou Chris.

Fizeram-no tirar o casaco e o colete. Chris examinou o casaco, Sam o colete, enquanto Ephraim revistava suas calças.

– Bem – disse Chris – já procurei no casaco e não está aqui.

– E aposto minha vida como o único metal que existe neste colete são os botões – falou Sam.

– E não está em minhas calças – disse Ephraim.

Tirou as botas e meias. A meia libra não apareceu. Ele não tinha outra moeda consigo.

– Bem – disse Chris – vamos voltar e procurar o dinheiro.

Os quatro mineiros de corações apreensivos, deram meia-volta e fizeram uma busca no campo, mas em vão.

– Bem – disse Chris –, teremos que dividir com você. Isso é tudo.

– Concordo – disse John Wharmby.

– Eu também – disse Sam.

– Dois xelins cada um – falou Chris.

Ephraim, que estava desesperado, aceitou os 6 xelins, envergonhado.

Em Bulwell, entraram em uma pequena taverna, que tinha uma sala comprida, de chão de cerâmica, mesas e bancos lavados. O espaço central era livre. O local estava repleto de mineiros bebendo. Durante a greve, os mineiros bebiam muito, mas poucos se embriagavam. Dois homens jogavam boliche e o restante apostava. Entre eles havia homens sentados de cada lado da pista de boliche, segurando bonés com dinheiro, moedas de 1 *penny* e 6 *pence*, que representavam suas apostas.

Sam, Chris e John Wharmby apostaram, imediatamente, no homem de sua preferência. No final, Sam decidiu jogar contra o vencedor. Ele era o campeão de Bestwood. Chris e John Wharmby arriscaram muito dinheiro nele, e até Ephraim, o infeliz, aventurou-se a jogar 6 *pence*.

No fim, Sam ganhou 2,5 xelins, com o que pagou prontamente bebida, pão e queijo para os companheiros. À 1h30 puseram-se novamente a caminho.

Foi um bom jogo entre Notts e Villa – nenhum gol no primeiro tempo, o placar ficando em 2 a 0 para Notts, no fim. Os mineiros ficaram muito satisfeitos, principalmente porque Flint, o atacante de Notts, que era de Underwood, e muito conhecido dos quatro mineiros, fez um belo trabalho, marcando os dois gols.

Ephraim resolveu ir para casa assim que o jogo terminasse. Sabia que John Wharmby tocaria piano no Punch Bowl, e Sam, que tinha boa voz de tenor, cantaria, enquanto Chris diria gracejos até a noite. Assim, despediu-se. Os amigos, achando-o um pouco deprimido, deixaram-no ir.

Ficou ainda mais triste por ter testemunhado um acidente próximo ao campo de futebol. Um operário, que trabalhava em uma drenagem conduzindo uma carroça basculante de lama e esvaziando-a, havia atingido, junto com seu cavalo, a crosta que cobria o fundo depósito de lodo. A crosta se rachara e o homem caíra sob o cavalo. Passou-se algum tempo antes das pessoas perceberem que ele havia desaparecido. Quando descobriram seus pés salientes, e o içaram, estava morto, asfixiado pelo lodo. O cavalo foi afinal retirado, depois de seu pescoço ser quase arrancado.

Ephraim foi para casa vagamente impressionado, com uma sensação de morte, perda, e conflito. A morte era uma perda maior que a sua própria, a greve era uma batalha maior do que aquela que teria que travar, brevemente.

Chegou em casa às 19 horas, exatamente quando escurecera. Vivia na Queen Street com a jovem esposa, com quem se casara havia dois meses, e com a sogra, uma viúva de 64 anos. Maud fora a última filha que se casara, a última de onze.

Ephraim subiu até a entrada. Havia luz na cozinha. A sogra era uma mulher robusta, ereta, com rosto flácido, enrugado, e frios olhos azuis. Sua esposa era forte também, com cabelos claros, viçosos, frisados como uma corda desfiada. Tinha uma maneira silenciosa de pisar, e movimentos furtivos como um gato, apesar de sua compleição forte. Estava grávida de cinco meses.

– Podemos perguntar onde esteve? – indagou a Sra. Mariott, muito empertigada e ameaçadora.

Ela era apenas polida quando estava muito zangada.

– Fui ao jogo.

– Oh, realmente! – exclamou a sogra. – E por que não nos avisou?

– Nem eu mesmo sabia que iria – respondeu ele, mantendo seu sotaque característico do condado de Derby.

– Imagino que a ideia lhe brotou na mente e você saiu correndo – disse a sogra, ameaçadoramente.

– Não. Foi Chris Smitheringale quem me chamou.

– E foi preciso ele insistir muito no convite?

– Eu não queria ir.

– Mas não havia um homem dentro de sua roupa para dizer não?

Ele não respondeu. No fundo, odiava-a. Mas, para usar suas próprias palavras, estava todo atrapalhado por ter perdido o dinheiro pago pelo sindicato e por ter sabido que o homem estava morto. Assim, sentia-se ainda mais indefeso diante da sogra, que ele temia. A esposa não olhava para ele, nem falava, mas conservava a cabeça baixa e ele sabia que ela apoiava a mãe.

– Maud estava à espera de algum dinheiro para comprar algumas coisas – disse a sogra.

120

Em silêncio, ele colocou 5 xelins e 6 *pence* sobre a mesa.

– Pegue isso, Maud – disse a mãe.

Maud obedeceu.

– Quer o dinheiro por nossa pensão, não quer? – perguntou Maud, furtivamente, à mãe.

– Não quer comprar nada para você, primeiro?

– Não, não há nada que eu queira – respondeu a filha.

A Sra. Marriott pegou as moedas e contou-as.

– E você acha – perguntou a sogra, dominando o genro tímido, mas falando lenta e dignamente – que vou manter você e sua mulher por 5 xelins e 6 *pence* por semana?

– É tudo que eu tinha – respondeu Ephraim.

– Foi um bom passeio, meu caro, se custou 4 xelins e 6 *pence*. Começou a se divertir bem cedo, não é?

Ele não respondeu.

– Muito bem! Maud e eu sentadas aqui desde as onze da manhã! O jantar à espera, depois tirado da mesa, o chá à espera, e depois, a louça lavada; então, ele chega rastejando com 5 xelins e 6 *pence* . Ora, faça-me o favor, 5 xelins e 6 *pence* para a pensão de um homem e sua mulher por uma semana!

Ele continuou calado.

– Você precisa tomar alguma providência na vida, Ephraim Wharmby! – exclamou a sogra. – Precisa planejar alguma coisa. Imagina que *eu* vou sustentar você e a sua mulher enquanto você festeja, vai a Nottingham satisfazer seus caprichos, com bebidas e mulheres?

– Sabe muito bem que não bebi e nem estive com mulheres – disse ele.

– Estou contente por sabermos alguma coisa sobre você. Porque está sempre tão perto que qualquer pessoa pensaria que somos estranhas para você. É um pequeno aproveitador, não é? Oh, a greve é época de festa para você! Na verdade, para todos os homens. Eles se divertem, realmente. Praguejando, apostando e bebendo, de manhã à noite, sim, senhor!

– Há apenas chá para mim? – perguntou ele, zangado.

– Ouçam o que ele diz! Escute só! Devo lhe perguntar em que casa pensa que está? Pergunte-me, com delicadeza. Oh, a greve o torna importante! Chega em casa depois de andar na farra e dá ordens, sim, senhor! Oh, a greve, de fato, deixa os homens exaltados. Nada têm que fazer a não ser beber e namorar em Nottingham. Suas esposas vão alimentá-los, claro! Contanto que tenham algo para comer em casa, não desejam mais nada! O que mais *deveriam* querer, querido? Nada! Que as mulheres e crianças passem fome e economizem com dificuldade, mas encham o estômago do homem, e que ele possa comer à fartura. De verdade, penso assim! Os donos dos armazéns que se danem! O que importam eles? Que o aluguel se atrase. Que as crianças só comam o que puderem pegar. O homem cuida apenas para que *ele* esteja bem. Mas não aqui!

– Vai me dar esse maldito chá?

A sogra se ergueu.

– Se ousar praguejar na minha frente, eu deixo você estendido no chão.

– Vai me dar esse infame, excomungado, maldito chá? – vociferou ele, em um acesso de cólera, acentuando propositadamente cada palavra.

– Maud! – disse a sogra, fria e solenemente – se você der chá a ele depois disso, é uma rameira.

Depois saiu, com ar de importância, para ir ver as outras filhas.

Maud preparou o chá em silêncio.

– Quer que esquente seu jantar? – perguntou.

– Quero.

Ela o serviu. Não que fosse, realmente, submissa. Mas... ele era o *seu* homem, não o de sua mãe.

5
Em segundo lugar

— Oh, estou exausta! – exclamou Frances, de modo petulante, e, no mesmo instante, deixou-se cair sobre a relva, perto da base da sebe. Anne ficou surpresa por um instante, depois, acostumada com os caprichos de sua adorada irmã, disse:

– Bem, e não é mesmo provável que esteja cansada, depois de viajar aquele longo trajeto desde Liverpool, ontem? – e tombou ao lado de Frances.

Anne era uma garota muito esperta de 14 anos, muito alegre, corpulenta e bastante sensata. Frances era bem mais velha, tinha cerca de 23 anos, e era extravagante e enérgica. Era a filha bonita e inteligente da família. Retirou os botões de amor-de-hortelão de seu vestido de forma nervosa, desesperada. Seu perfil era bonito, o cabelo negro estava atado no alto com um laço. A tez era morena e corada como a de uma pera, e calma como uma máscara, enquanto a mão fina e morena puxava nervosamente.

– Não é a viagem – disse ela, objetando contra a estupidez de Anne.

Anne olhou, interrogativamente, para sua irmã. A garota, em sua maneira autoconfiante e prática, continuou a avaliar a excêntrica criatura. Mas, de repente, viu-se totalmente nos olhos da irmã; sentiu os olhos muito escuros, apaixonados e brilhantes que a desafiavam, e retraiu-se. Frances era peculiar por estes olhares grandiosos, claros, que desconcertavam as pessoas por sua violência e brusquidão.

123

– O que há, pobre querida? – perguntou Anne, envolvendo nos braços o corpo leve, voluntarioso da irmã.

Frances riu, estremecendo, e se inclinou em busca de conforto nos seios em botão da robusta menina.

– Oh, estou apenas um pouco cansada – murmurou, quase chorando.

– Bem, claro que está. O que esperava? – confortou-a Anne.

Parecia engraçado a Frances que Anne brincasse de ser a mais velha, quase como se fosse mãe dela. Mas Anne estava ainda vivenciando sua adolescência tranquila, os homens eram como grandes cães para ela: enquanto Frances, com 23 anos, sofria muito.

O campo guardava com intensidade a imobilidade da manhã. Nas pastagens, tudo brilhava ao lado de sua sombra, e a encosta do monte desprendia calor em silêncio. A turfa marrom parecia em baixo estado de combustão, as folhas dos carvalhos pendiam, ressequidas. Entre a folhagem escura brilhavam o vermelho e o laranja do vilarejo a distância.

Os salgueiros, à margem do riacho e ao pé da pastagem, subitamente se agitaram, produzindo um efeito ofuscante, como diamantes. Era uma rajada de vento. Anne retomou sua posição normal. Estendeu os joelhos e colocou no colo um punhado de avelãs, folhosas, verde-claras. Tinha uma das faces bronzeada, com uma coloração entre marrom e rosa. Começou a parti-las e a comê-las. Frances, com a cabeça inclinada, refletia com amargura.

– Ei, você conhece Tom Smedley? – perguntou a garota, enquanto retirava uma avelã da casca.

– Suponho que sim – replicou Frances de maneira sarcástica.

– Bem, ele me deu um coelho selvagem que havia caçado para fazer companhia ao meu, domesticado. E ele está vivendo.

– É uma boa coisa – disse Frances, muito distante e irônica.

– Bem, é! Ele pensava em me levar à Festa de Ollerton, mas não o fez. Sabe, ele levou uma criada da reitoria; eu vi.

– Fez o que devia – disse Frances.

– Não, não fez! E eu lhe disse isso. E lhe disse que contaria a você. E contei.

Uma avelã estalou e se partiu entre seus dentes. Ela tirou a semente e mastigou, de maneira complacente.

– Não faz muita diferença – disse Frances.

– Bem, pode não fazer; mas fiquei furiosa com ele assim mesmo.

– Por quê?

– Porque fiquei. Ele não tem o direito de ir com uma criada.

– Tem todo o direito – insistiu Frances, muito precisa e fria.

– Não, não tem, quando havia dito que ia me levar.

Frances explodiu em uma risada divertida e de alívio.

– Oh, não! Eu esqueceria isso – disse, acrescentando, em seguida: – E o que ele disse quando você prometeu me contar?

– Ele riu e falou: "Ela não esquentará a cabeça por isso."

– E é verdade – disse Frances com desprezo.

Houve silêncio. O pasto, com cardos amarelos e secos, montes de sarças silenciosas, o tojo marrom causticado ao brilho do sol, parecia fantástico. Do outro lado do riacho, começava o imenso padrão de agricultura, o tabuleiro branco de resto de cevada, quadrados marrons de trigo, porções beges de pasto, faixas vermelhas de alqueive, com a mata e o pequeno vilarejo escuros como ornamentos, conduzindo para longe, diretamente para as colinas, onde o padrão xadrez diminuía mais e mais, até que, na bruma escura de calor, muito distante, somente os pequenos quadrados brancos de cevada eram claros.

– Ei, acho que aqui há uma toca de coelho! – gritou Anne, de repente. – Vamos olhar para ver se ele sai? Sabe, você terá que ficar quieta.

As duas jovens permaneceram completamente imóveis. Frances observou algumas coisas à sua volta: tinham uma aparência peculiar, pouco amistosa: o peso dos sabugueiros esverdeados sobre seus galhos purpúreos; a cintilação da macieira

125

silvestre que se tornava amarela e crescia até o alto da sebe: as folhas exauridas e vacilantes das prímulas jazendo horizontalmente na base da sebe: tudo lhe parecia estranho. Depois, seus olhos vislumbraram um movimento. Uma toupeira se mexia silenciosamente sobre o solo vermelho e quente, farejando, arrastando-se de um lado para outro, lisa e escura como uma sombra se movendo subitamente, animada ou silenciosa, como um fantasma de *joie de vivre*. Frances teve um sobressalto, e, por hábito, estava a ponto de chamar Anne para matar a pequena peste. Mas, naquele dia, sua letargia de infelicidade era insuportável. Observou o pequeno animal caminhar, farejando, tocando nas coisas para descobri-las, correndo às cegas, deleitada até o êxtase com o brilho do sol e as coisas quentes e estranhas que lhe acariciavam o ventre e o focinho. Frances sentiu uma compaixão evidente pelo pequeno animal.

– Ei, Fran, veja isto! É uma toupeira.

Anne estava de pé, parada, observando o animal escuro, inconsciente. Frances franziu a testa com ansiedade.

– Não vai embora, não é? – disse a garota com suavidade.

Então, ela se aproximou do animal, furtivamente. A toupeira se afastou, desajeitada. Em um instante, Anne pôs o pé sobre o animal, sem muita força. Frances pôde ver o movimento de resistência, oscilante, das patinhas rosadas da criatura, a contorção e crispação do focinho pequeno, enquanto lutava sob a sola da bota.

– Ela se mexe! – exclamou a garota saudável, franzindo as sobrancelhas por causa da sensação estranha.

Depois, ela se abaixou para olhar sua presa. Agora Frances via, além da ponta da sola da bota, o esforço das costas aveludadas, a reviravolta penosa da face sem visão, o movimento frenético das patas lisas, rosadas.

– Mate-a – disse, desviando o rosto.

– Oh, eu não – Anne riu, recuando. – Mate você, se quiser.

– *Não* quero – disse Frances, com uma ênfase tranquila.

126

Depois de várias tentativas com pancadinhas leves, Anne conseguiu, afinal, pegar o animalzinho pelo cangote. A toupeira atirou a cabeça para trás, sacudiu o focinho comprido e cego de um lado para outro, a boca estava aberta em um retângulo peculiar, com pequenos dentes róseos na extremidade. A boca frenética, cega, escancarou-se e se crispou de dor. O corpo, pesado e desajeitado, pendia, mal se movendo.

– Não é um animalzinho forte? – observou Anne, evitando os dentes.

– O que vai fazer? – perguntou Frances, asperamente.

– Ela tem que ser morta, veja o prejuízo que causam. Eu a levarei para casa e deixarei que papai ou alguém a mate. Não vou soltá-la.

Envolveu o animal em seu lenço e sentou-se ao lado da irmã. Houve um intervalo de silêncio, durante o qual Anne combateu os esforços da toupeira.

– Não teve muito a dizer sobre Jimmy desta vez. Você o viu com frequência em Liverpool? – perguntou Anne, de repente.

– Uma ou duas vezes – respondeu Frances, sem demonstrar quanto a pergunta a perturbava.

– E você não está mais apaixonada por ele?

– Devo pensar que não, já que ele está noivo.

– Noivo? Jimmy Barrass! Bem, eu não podia imaginar! Nunca pensei que fosse ficar noivo.

– Por que não? Ele tem tanto direito quanto outro qualquer – rebateu Frances.

Anne lutava com a toupeira.

– Acontece, às vezes – disse, afinal –, mas nunca pensei que Jimmy fosse fazer isso.

– Por que não? – perguntou Frances, com rispidez.

– Eu não sei. Esta bendita toupeira não quer ficar quieta! De quem ele ficou noivo?

– Como posso saber?

– Pensei que você lhe perguntaria; você o conhece há tempo suficiente para ter-lhe perguntado. Acho que ele pensou em ficar noivo agora, que é doutor em química.

Frances riu, apesar de tudo.

– O que isso tem a ver? – indagou.

– Estou certa de que tem muito a ver. Agora, ele vai querer ter *alguém*, e, então, ficou noivo. Ei, pare! Vá para dentro!

A toupeira, nesse momento, quase conseguiu se libertar. Ela lutou e se contorceu freneticamente, balançou a cabeça pontuda e cega, a pequena boca do bicho aberta como um pequeno dardo, as patas grandes, enrugadas, estendidas.

– Vá para dentro! – insistiu Anne, empurrando o animalzinho com o dedo indicador, tentando levá-la de volta ao lenço. De repente, a boca se virou como uma centelha sobre seu dedo.

– Ai! – gritou Anne. – Ela me mordeu.

Deixou a toupeira cair no chão. Atordoado, o pequeno animal cego tateou ao redor. Frances sentiu vontade de gritar. Esperava que o animal fugisse rapidamente, como um rato, e lá estava ele, tateando; ela quis gritar para que ele se fosse. Anne, em uma repentina decisão de cólera, pegou a bengala da irmã. De um só golpe, a toupeira estava morta. Frances ficou surpresa e chocada. Em um momento, a toupeira se agitava no calor, no instante seguinte, jazia como uma pequena bolsa, inerte e escura – sem luta, quase sem estremecer.

– Está morta! – disse Frances, sem ar.

Anne tirou o dedo da boca, olhou para as picadas pequenas e disse:

– Sim, está morta, e eu estou contente. As toupeiras são uma desgraça, pequenas e perversas.

Com isso, sua raiva desapareceu. Pegou o animalzinho morto.

– Tem uma bonita pele, não é? – refletiu, alisando a pele com o dedo indicador, depois com a face.

128

– Cuidado – disse Frances – vai manchar sua saia de sangue!

Uma gotinha vermelha de sangue pendia do pequeno focinho, pronta para cair. Anne sacudiu-a sobre algumas campainhas azuis. De repente, Frances se acalmou; naquele momento, era adulta.

– Acho que elas têm que ser mortas – disse, e uma terrível indiferença substituiu seu sofrimento.

A cintilação das macieiras silvestres, o brilho dos salgueiros reluzentes pareciam-lhe agora insignificantes, e mal valia a pena notá-los. Estava calma, a indiferença cobrindo sua tristeza tranquila. Levantando-se, desceu para o riacho.

– Ei, espere por mim! – gritou Anne, tropeçando atrás dela.

Frances ficou de pé na ponte, olhando abaixo para o barro vermelho esburacado pelas patas do gado. Não restava uma gota d'água, mas tudo tinha um aroma fresco, suculento. "Por que ela se importava tão pouco com Anne, que gostava tanto dela!?", perguntou a si mesma. "Por que se importava tão pouco com qualquer pessoa?" Não sabia, mas sentiu um orgulho bastante obstinado em seu isolamento e indiferença.

Entraram em uma campina onde medas de cevada se enfileiravam e os cabelos amarelos e compridos do milho se estendiam para o chão. O restolhal estava esbranquiçado devido ao verão intenso, de forma que a extensão cintilava, branca. A campina seguinte era agradável e serena com uma segunda cultura de grãos; o trevo fino, isolado, pendia lindamente suas pequenas cabeças róseas no gramado escuro. O aroma era fraco e enjoativo. As garotas subiram em fila, Frances à frente.

Perto do portão, um jovem ceifava com a foice alguma forragem para a ração vespertina no gado. Quando viu as moças, parou de trabalhar e as esperou com uma atitude casual. Frances vestia-se de musselina branca e caminhava com dignidade, distante e distraída. Sua falta de agitação, seu andar simples, despreocupado, o deixou nervoso. Ela havia amado o distante Jimmy por cinco anos, tendo recebido apenas paliativos em troca. Este homem a afetava apenas de leve.

Tom era de estatura mediana, de compleição forte. O rosto liso, de pele clara, estava avermelhado pelo sol, não bronzeado, e esta vermelhidão ressaltava-lhe a aparência de bom humor e tranquilidade. Sendo um ano mais velho que Frances, ele a teria cortejado já há muito tempo, se ela o consentisse. Mas, como as coisas estavam, ele tinha seguido seu caminho rotineiro, amistosamente, conversando com muitas garotas, mas permanecendo livre em grande parte, sem problemas. Somente ele sabia que queria uma mulher. Puxou um pouco as calças, parcialmente consciente, quando as moças se aproximaram. Frances era um tipo de mulher rara, delicada, que ele compreendia com um estímulo estranho e delicioso em suas veias. Ela lhe dava uma leve sensação de sufocamento. De alguma forma, naquela manhã, ela o afetou mais do que o normal. Estava vestida de branco. Ele, no entanto, que tinha um pensamento prático, não compreendia. Seu sentimento jamais se tornara consciente, objetivo.

Frances sabia muito bem o que fazia. Tom estava pronto para amá-la assim que ela o permitisse. Agora que ela não podia ter Jimmy, não se importava muito. Ainda assim, ela teria alguma coisa. Se ela não podia ter o melhor – Jimmy, que sabia ser um pouco esnobe – teria o segundo melhor depois de Jimmy, Tom. Ela se acercou com bastante indiferença.

– Então, está de volta! – exclamou Tom.

Ela notou o toque de incerteza em sua voz.

– Não – riu ela – ainda estou em Liverpool – e a voz baixa de intimidade o fez corar.

– Então, esta não é você? – indagou ele.

O coração de Frances saltou de aprovação. Fixou-o nos olhos e, por um segundo, esteve com ele.

– Ora, o que acha? – riu.

Ele tirou o chapéu da cabeça com um gesto distraído, breve. Ela gostava dele, de seus modos singulares, do seu humor, sua ignorância, e de sua lenta masculinidade.

130

– Aqui, olha aqui, Tom Smedley – interrompeu Anne.

– Uma toupeira! Encontrou-a morta? – perguntou ele.

– Não, ela me mordeu – respondeu Anne.

– Oh, sim! E isto desembestou você, hein?

– Não, nada disso! – censurou Anne, rispidamente. – É essa linguagem!

– Oh, o que há com ela?

– Não suporto seu modo vulgar de falar.

– E você.

Olhou para Frances.

– Não é agradável – disse Frances.

Ela não se importava, realmente. Na verdade, a fala vulgar lhe incomodava. Jimmy era um cavalheiro. Mas a maneira de falar de Tom não tinha importância para ela.

– Gosto quando fala *educadamente* – disse ela.

– Gosta? – disse ele, erguendo o chapéu, agitado.

– E geralmente você faz isso, você sabe – sorriu ela.

– Terei que fazer uma tentativa – disse ele, mais tenso do que galante.

– Qual? – perguntou ela, vivamente.

– Falar educadamente com você – disse ele.

Frances ruborizou-se de raiva, inclinou a cabeça por um momento, depois riu, alegre, como se gostasse da insinuação desajeitada.

– Agora, tome cuidado com o que diz – gritou Anne, dando uma palmadinha de censura no braço do rapaz.

– Você não precisaria dar tantos tapas destes em sua toupeira – provocou ele, aliviado por pisar em terreno firme, esfregando o braço.

– Não, realmente – disse Frances. – A toupeira morreu com um só golpe.

Falou com uma leviandade que lhe era odiosa.

– Você não sabe golpeá-las tão bem? – perguntou ele, virando-se para ela.

– Não sei, se estiver zangada – falou ela, decidida.

– Não? – perguntou ele, alerta e atento.

– Eu poderia – acrescentou ela, mais dura – se fosse necessário. Ele demorou a entender a diferença.

– E não acha que é necessário? – perguntou, desconfiado.

– Bem... é? – indagou ela, olhando para ele com firmeza e frieza.

– Creio que sim – replicou o rapaz, desviando o olhar, mas ainda teimoso.

Ela riu depressa.

– Mas, *para mim*, não é necessário – disse, com leve desprezo.

– Sim, isto é verdade – respondeu ele.

Ela riu, trêmula.

– *Sei* que é – disse ela, e houve uma pausa hesitante. – Ora, você gostaria, então, que eu matasse toupeiras? – perguntou, vacilante, depois de algum tempo.

– Elas nos dão muito prejuízo – explicou o rapaz, pisando firme em seu terreno, zangado.

– Bem, verei da próxima vez em que encontrar uma – prometeu ela, desafiante.

Seus olhos se encontraram, e ela cedeu diante dele, com orgulho abalado. Ele ficou pouco à vontade, vitorioso e desconcertado, como se o destino o houvesse agarrado. Ela sorriu ao se afastar.

– Bom – disse Anne, enquanto atravessaram o restolho de trigo –, não sei sobre o que tagarelavam.

– Não sabe? – Frances riu de forma significativa.

– Não, não sei. Mas, de qualquer maneira, Tom Smedley é muito melhor, em minha opinião, do que Jimmy, e muito mais presente e bondoso.

– Talvez seja – disse Frances friamente.

E no dia seguinte, após uma caçada secreta, persistente, ela encontrou outra toupeira brincando no calor. Ela a matou e à

132

noite, quando Tom veio até o portão para fumar seu cachimbo depois do jantar, ela lhe levou o animal morto.

– Aqui está! – disse ela.

– Você a pegou? – perguntou ele, segurando com os dedos o animalzinho morto e examinando-o atentamente.

Fazia isso para esconder seu tremor.

– Achou que eu não era capaz? – perguntou ela, com o rosto muito perto do dele.

– Não, eu não sabia.

Ela riu dele, um estranho riso que lhe prendeu a respiração, em uma agitação total. Ela era toda lágrimas e inquietação de desejo. Ele pareceu assustado e preocupado. Frances colocou a mão em seu braço.

– Você sairá comigo? – perguntou ele com certo esforço, perturbado.

Ela desviou o rosto, com um riso trêmulo. A paixão cresceu forte nele, subjugando-o. Ele resistiu, mas foi vencido e arrebatado por ela. Vendo a nuca frágil e sedutora de Frances, sentiu um amor violento se manifestar nele, e uma grande ternura por ela.

– Teremos que dizer à sua mãe – disse ele.

E ficou imóvel, sofrendo, resistindo à sua paixão.

– Sim – replicou Frances com uma voz monótona. Mas havia um frêmito de prazer nessa monotonia.

6
As sombras da primavera

I

Estava a 1,5 quilômetro mais perto, através da mata. Mecanicamente, Syson dobrou para cima próximo da ferraria, e ergueu a cancela. O ferreiro e sua companheira permaneceram imóveis, observando o invasor. Mas Syson parecia ser cavalheiro demais para ser abordado. Deixaram-no prosseguir em silêncio, através do pequeno campo, até a mata.

Não havia a menor diferença entre aquela manhã e as manhãs das primaveras claras, de seis ou oito anos antes. Aves brancas e de cor de areia dourada ainda arranhavam e se movimentavam ao redor da cancela, cobrindo a terra e o campo com penas e lixo arrancado com as unhas. Entre os dois azevinhos espessos na sebe da mata estava a passagem oculta, cuja cerca se transpunha para entrar no bosque; as barras estavam marcadas da mesma maneira pelas botas do guarda. Ele estava de volta ao eterno.

Syson estava extraordinariamente contente. Como um espírito inquieto, voltara ao campo do seu passado, e descobriu-o à sua espera, inalterado. A aveleira ainda espalhava seus ramos alegres para baixo, as campainhas continuavam descoradas e escassas entre o capim viçoso e à sombra dos arbustos.

A trilha através da mata, na borda da encosta, corria, serpenteando facilmente por algum tempo. Em toda a volta havia carvalhos ramosos, apenas descarregando seu ouro, e espaços do solo ornamentados com pérolas, porções de mercuriais e tufos de jacintos. Duas árvores caídas jaziam atravessadas na trilha. Syson seguiu aos tropeções, descendo um declive escarpado, e chegou novamente à terra aberta, desta vez olhando para o norte como por uma grande janela na mata. Parou para percorrer com o olhar os campos nivelados do alto do monte, no vilarejo que cobria a região montanhosa, como se houvesse se precipitado dos vagões da indústria que passavam, e tivesse sido abandonado. Havia uma igrejinha ereta, moderna, cinzenta, e blocos e filas de moradias vermelhas jazendo ao acaso; ao fundo, os cabeçotes cintilantes da mina, e o seu elevado monte. Tudo era nu e livre, sem uma árvore! Estava totalmente inalterado.

Syson virou-se satisfeito, para seguir a trilha que se precipitava encosta abaixo, em direção à mata. Estava curiosamente extasiado, sentindo-se de volta a uma visão perpétua. Sobressaltou-se. Um guarda estava de pé a alguns metros adiante, barrando a passagem.

– Para onde poderia ir nesta estrada, senhor? – perguntou o homem.

O tom da pergunta possuía um som agudo de desafio. Syson olhou para o guarda com um olhar fixo, observador. Era um rapaz de 24 ou 25 anos, corado e com bom aspecto. Os olhos azuis fixaram de forma agressiva o intruso. O bigode negro, muito espesso, era aparado curto, sobre uma boca pequena, bastante suave. Sob qualquer outro aspecto, o rapaz era viril e atraente. Tinha a estatura um pouco acima da média, a projeção forte do queixo e a tranquilidade perfeita do corpo ereto, autossuficiente. Tudo isso dava a impressão de que ele estava preparado para a vida animal, como o jato de uma fonte, equilibrando a si próprio. Permaneceu parado, com a extremidade mais grossa da arma sobre o solo, olhando inseguro e interrogador para Syson. Os olhos escuros e inquietos do invasor, examinando o homem e penetrando-o sem dar atenção ao seu trabalho, perturbavam o guarda e o faziam corar.

– Onde está Naylor? Você conseguiu o emprego dele? – perguntou Syson.

– Não é da casa, é? – indagou o guarda.

Não poderia ser, uma vez que todos estavam fora.

– Não, não sou da casa – replicou o outro.

Parecia divertir-se.

– Posso perguntar, então, para onde ia? – indagou o guarda, irritado.

– Onde ia? – repetiu Syson. – Vou para a fazenda Willey-Water.

– Não é este o caminho.

– Acho que é. Descendo este caminho, depois da fonte, e adiante, pela cancela branca.

– Mas esta estrada não é pública.

– Suponho que não. Eu costumava vir tão frequentemente na época de Naylor, que havia esquecido. Onde está ele, por falar nisso?

– Inválido pelo reumatismo – respondeu o guarda, relutante.

– É mesmo? – exclamou Syson, aflito.

– E quem é o senhor? – perguntou o homem, com nova entoação.

– John Adderley Syson. Eu vivia em Cordy Lane.

– Namorava Hilda Millership?

Os olhos de Syson se arregalaram com um sorriso doloroso. Concordou com um gesto de cabeça. Houve um estranho silêncio.

– E você... quem é você? – interrogou Syson.

– Arthur Pilbeam. Naylor é meu tio – disse o outro.

– Vive aqui em Nuttall?

– Estou morando com meu tio Naylor.

– Entendo!

– Disse que ia descer a Willey-Water? – perguntou o guarda.

– Sim.

136

Houve uma pausa de alguns momentos, antes do guarda dizer:

– Eu *estou* cortejando Hilda Millership.

O rapaz olhou para o intruso com um desafio teimoso, quase patético. Syson revelou novo interesse no olhar.

– Está? – perguntou, surpreso.

O guarda corou vivamente.

– Nós fazemos companhia um ao outro – disse ele.

– Eu não sabia! – exclamou Syson.

O outro homem esperou, pouco à vontade.

– A coisa está acertada? – perguntou o intruso.

– Acertada, como? – replicou o guarda, taciturno.

– Vão se casar em breve e tudo o mais?

O homem olhou para ele em silêncio por alguns instantes, impotente.

– Acho que sim – respondeu, cheio de ressentimento.

– Ah! – Syson observava com atenção. – Estou casado – acrescentou, depois de algum tempo.

– Está? – perguntou o outro, incrédulo.

Syson riu de sua forma brilhante, infeliz.

– Há quinze meses – disse.

O guarda o encarou com olhos arregalados, pensativos, aparentemente recordando, e tentando entender.

– Ora, não sabia? – disse Syson.

– Não, não sabia – respondeu o outro, taciturno.

Houve silêncio por um momento.

– Ah, bem! – exclamou Syson. – Vou prosseguir. Suponho que possa.

O guarda permaneceu em oposição silenciosa. Os dois homens hesitaram no espaço aberto, coberto de capim, cercado por moitas de campainhas que cresciam vigorosas; uma pequena plataforma aberta na borda do monte. Syson deu alguns passos indecisos, depois parou.

– Que beleza, eu vi! – gritou.

Havia tido uma visão total da descida da encosta. O caminho largo corria de seus pés como um rio, e estava coberto de campainhas, exceto por uma trilha verde que serpenteava em direção ao centro, onde o guarda caminhava. A trilha se abria como uma corrente para os baixios azuis nas áreas planas, e havia amontoados de campainhas, com o fio verde serpenteando ainda através delas, como uma corrente fina de água gelada através de lagos azuis. E, sob os galhos purpúreos dos arbustos, estendia-se o azul sombrio, como se as flores jazessem na água corrente sobre o bosque.

– Ah, não é adorável?! – exclamou Syson.

Esse era o seu passado, o campo que havia abandonado, e o magoava vê-lo tão bonito. Pombas-trocal arrulhavam no alto e o ar estava cheio do brilho das aves que cantavam.

– Se está casado, por que continua escrevendo para ela, mandando-lhe livros de poesia e outras coisas? – perguntou o guarda.

Syson o encarou, surpreso e humilhado. Depois começou a sorrir.

– Bem – disse – eu não sabia que você...

O guarda corou, de novo, vivamente.

– Mas, se está casado... – acusou.

– Estou – respondeu o outro, com cinismo.

Então, abaixando os olhos para a trilha azul e bonita, Syson sentiu sua própria humilhação.

"Que direito tenho de prender-me a ela?", pensou, amargo e desprezando a si próprio.

– Ela sabe que estou casado e tudo o mais – falou.

– Mas o senhor continua lhe mandando livros – desafiou o guarda.

Syson silenciou, olhou para o outro homem com zombaria e alguma compaixão. Depois virou-se.

– Bom dia! – disse, e se foi.

Agora, tudo o irritava: os dois salgueiros, um todo dourado, perfumado e sussurrante, o outro verde-dourado e hirsuto.

lembraram-lhe que ali ele havia ensinado a ela sobre poliniza-
ção. Que tolo era! Que loucura miserável era tudo aquilo!

"Ah, bem", disse a si mesmo, "o pobre-diabo parece ter
raiva de mim. Farei o melhor possível por ele." Sorriu consigo
mesmo, de muito mau humor.

II

A fazenda ficava a menos de 100 metros da extremidade da
mata. A muralha de árvores formava o quarto lado do relvado
aberto. A casa dava para a mata. Com sentimentos confusos,
Syson notou as flores da ameixeira caindo sobre as prímulas
profusas, coloridas, que ele próprio havia trazido e plantado.
Como tinham crescido! Havia tufos compactos de prímulas
escarlates, rosas e púrpura pálidas sob as ameixeiras. Ele
viu alguém olhá-lo através da janela da cozinha, ouviu vozes
masculinas.

A porta se abriu, de repente: ela se tornara muito feminina!
Ele se sentiu empalidecer.

– Você! Addy! – exclamou ela, e ficou imóvel.

– Quem? – gritou a voz do fazendeiro.

Vozes baixas, masculinas, responderam. Aquelas vozes em
surdina, curiosas e quase zombeteiras, despertaram o espírito
atormentado do visitante. Ele esperou, sorrindo vivamente
para ela.

– Eu mesmo. Por que não? – disse.

O rubor ardia intensamente no rosto e na garganta da
moça.

– Estamos acabando de jantar – disse ela.

– Então, ficarei aqui fora.

Fez um gesto, indicando que iria sentar-se sobre o pote de
barro que estava perto da porta, entre os narcisos, e que guardava a água potável.

– Oh, não! Entre – disse ela, depressa.

139

Ele a seguiu. À soleira da porta, olhou rapidamente a família, e inclinou-se para fazer um cumprimento. Todos estavam confusos. O fazendeiro, a esposa e os quatro filhos sentavam-se à mesa de jantar arrumada de modo grosseiro, os homens com os braços nus até os cotovelos.

– Lamento ter chegado na hora da refeição – disse Syson.

– Olá, Addy! – disse o fazendeiro, assumindo a antiga forma de tratamento, mas com tom frio. – Como vai?

E apertaram-se as mãos.

– Quer um pouco? – ofereceu ao visitante, mas tendo como certo que o convite seria recusado.

Presumia que Syson estava se tornando refinado demais para comer tão modestamente. O rapaz estremeceu sob a insinuação.

– Já jantou? – perguntou a filha.

– Não – replicou Syson. – É muito cedo. Voltarei à uma e meia.

– Você chama esta refeição de almoço, não é? – perguntou o filho mais velho, quase irônico.

Antigamente, fora amigo íntimo do rapaz.

– Daremos qualquer coisa a Addy quando tivermos terminado – disse a mãe, uma inválida, protestando.

– Não, não se incomodem. Não quero dar qualquer trabalho – disse Syson.

– Você sempre pôde viver do ar puro e da paisagem – riu o filho mais novo, de 19 anos.

Syson deu a volta pelas construções e entrou no pomar ao fundo da casa, onde narcisos ao longo de toda a sebe oscilavam como aves amarelas, arrepiadas, em seus poleiros. Ele gostava muito do local, os arbustos ao redor, com matas frondosas cobrindo seus ombros gigantescos e pequenas granjas vermelhas como broches prendendo seus trajes; a faixa de água azul no vale, a nudez do pasto familiar, o som do canto de aves, em mil tonalidades, que passava despercebido a maior parte do tempo.

Até o último dia de sua vida sonharia com este lugar, quando sentisse o sol sobre o rosto, visse os pequenos punhados de neve entre os galhos invernais ou sentisse o aroma da chegada da primavera.

Hilda era muito feminina. Em sua presença, ele se sentiu constrangido. Ela tinha 29 anos, como ele, mas parecia, na sua opinião, muito mais velha. Ele se sentia tolo, quase irreal ao lado dela. Ela era tão estática. Quando ele tocava com os dedos algumas flores de ameixeiras abrigadas sobre um galho baixo, ela veio à porta dos fundos para sacudir a toalha da mesa. Galinhas correram do pátio onde se empilhava o feno, aves voaram rapidamente das árvores. O cabelo negro de Hilda estava preso no alto em uma trança, como uma coroa em sua cabeça. Sua atitude era muito correta e distante. Quando dobrou a toalha, olhou para os montes longínquos.

Pouco depois, Syson entrou na casa. Ela havia preparado ovos, coalhada, groselhas cozidas e creme.

– Já que você vai jantar esta noite – disse ela – sirvo-lhe apenas um almoço leve.

– Está maravilhoso – disse ele. – Você possui uma atmosfera verdadeiramente idílica: seu cinto de palha e botões de hera.

Ainda se feriam mutuamente.

Ele estava pouco à vontade diante dela. A fala curta, firme de Hilda e sua atitude distante não eram familiares ao rapaz. Ele admirou de novo as sobrancelhas e pestanas negro-acinzentadas. Seus olhos se encontraram. Ele viu, no olhar bonito, cinzento e escuro, lágrimas e uma luz estranha. Por fim, percebeu a sua aceitação calma de si e a vitória sobre ele.

Syson se sentiu estremecer. Com esforço, manteve uma atitude irônica.

Ela o mandou para a sala enquanto lavava os pratos. O cômodo, comprido e baixo estava com a mobília nova da venda da abadia, cadeiras estofadas em crepes de cor avermelhada, muito antigas, e uma mesa oval de madeira polida, cor de nogueira, e outro piano, bonito, embora também antigo. Ele ficou satisfeito, apesar da estranheza. Abrindo um alto armário embutido na parede espessa, encontrou-o cheio de seus livros, seus velhos livros escolares e volumes de poesia que ele havia enviado a Hilda, ingleses e alemães. Os narcisos na base da janela branca brilhavam através da sala, e ele quase pôde sentir seus raios. A velha atração cativou-o de novo. Suas aquarelas juvenis na parede não mais o faziam sorrir; lembrou-se de quão ardentemente havia tentado pintar para Hilda, 12 anos atrás.

Ela entrou, enxugando um prato, e ele reviu a beleza cintilante, branco-amendoada de seus braços.

– Está muito bonita – disse ele, e seus olhos se encontraram.

– Gosta? – perguntou ela.

Era o antigo tom baixo e rouco de intimidade. Ele sentiu uma mudança iniciar-se em seu sangue. Era a antiga, deliciosa sublimação, a rarefação, quase a vaporização de si mesmo, como se seu espírito fosse ser libertado.

– Sim – concordou, sorrindo para ela como um garoto, de novo.

Ela inclinou a cabeça.

– Esta era a cadeira da condessa – disse ela, baixo. – Encontrei sua tesoura aqui embaixo, entre o estofamento.

– Encontrou? Onde está?

Depressa, com ritmo em seu movimento, pegou a cesta de costura, e examinaram juntos a antiga tesoura de cabo comprido.

– Que balada de damas mortas! – exclamou ele, rindo, enquanto ajustava os dedos nas alças redondas da tesoura da condessa.

– Eu sabia que você poderia usá-la – disse ela, com certeza.

Ele olhou para os dedos e para a tesoura. Ela queria dizer que seus dedos eram suficientemente finos para a tesoura de alças pequenas.

– Isso é algo que pode ser dito a meu favor – riu ele, abandonando a tesoura.

Ela se virou para a janela. Ele notou o buço fino, claro sobre as maçãs do rosto e lábio superior, o pescoço branco, suave, como a garganta de uma flor de urtiga, e os antebraços, brilhantes como amêndoas recém-descascados. Ele a via com novos olhos, e ela era uma pessoa diferente para ele. Não a conhecia. Mas podia observá-la objetivamente, neste momento. Não a conhecia. Mas podia estimá-la objetivamente agora.

– Vamos sair um pouco? – perguntou ela.

– Sim! respondeu ele.

Mas a emoção predominante, que perturbava a excitação e perplexidade de seu coração, era o medo, medo do que ele via. Havia nela a mesma maneira, a mesma entonação na voz, agora como antes, mas ela não era o que ele havia acreditado que fosse. Ele sabia muito bem o que ela fora para ele. E, aos poucos, compreendia que ela era algo totalmente diferente, e sempre havia sido.

Ela não cobriu a cabeça, apenas tirou o avental, dizendo:

– Iremos caminhar perto dos lariços.

Quando passaram pelo antigo pomar, ela o chamou para lhe mostrar o ninho de um chapim em uma das macieiras. Ele admirava bastante a segurança de Hilda, de uma certa dureza, como se fosse uma arrogância, escondida sob sua humildade.

– Veja as maçãs – disse ela, e ele então percebeu inúmeras, pequeninas bolas vermelhas entre os galhos inclinados. Os olhos de Hilda tornaram-se frios ao observar o rosto do rapaz. Ela compreendeu que ele poderia julgá-la com imparcialidade e a veria como era. Era a coisa que ela mais temera no passado e também a mais necessária para o bem de sua alma. Agora, ele iria vê-la como ela era. Ele não a amaria e ia saber que jamais poderia tê-la amado. Desaparecida a velha ilusão, eram estranhos, crua e inteiramente. Mas ele lhe daria o que lhe devia. Ela teria dele o que lhe era devido.

Ela foi brilhante, como ele não a havia conhecido. Mostrou-lhe ninhos: o de uma cambaxirra em um arbusto baixo.

– Veja este de um *jinty*! – exclamou ela.

Ele ficou surpreso ao ouvi-la usar o nome local. Ela estendeu a mão com cuidado através dos espinhos e colocou o dedo na entrada redonda do ninho.

– Cinco! – exclamou. – Cinco filhotes.

Ela lhe mostrou ninhos de tordos, tentilhões, pintassilgos e cotovias; de uma lavandisca ao lado da água.

– Se descermos, mais perto do lago lhe mostrarei o de um pica-peixe... Entre os abetos novos – disse ela – há ninhos de um tordo-cantador ou de um tordo-zorzal em quase todo galho, em toda a sebe. No primeiro dia, quando eu vi todos eles, senti que não devia entrar no bosque. Parecia uma cidade de aves: e, de manhã, ao ouvi-los, pensei nos mercados ruidosos de madrugada. Tive medo de entrar em meu próprio bosque.

Ela usava a linguagem que os dois tinham inventado. Agora, era só dela. Ele terminara com isso. Hilda não se importava com o silêncio do rapaz, mas estava sempre dominando-o, mostrando-lhe o seu bosque. Quando chegaram a uma trilha pantanosa, onde miosótis se abriam em uma massa azul, ela disse:

– Conhecemos todas as aves, mas há muitas flores que desconhecemos.

Era um apelo parcial ao rapaz, que havia conhecido os nomes das coisas.

Ela olhou, sonhadora, através dos campos abertos que dormiam ao sol.

– Também tenho um amante – disse ela com firmeza, no entanto, voltando ao tom íntimo.

Isto despertou nele o desejo de combatê-la.

– Acho que o conheci. É atraente... até na Arcádia.

Ela se virou, sem responder, para uma trilha escura que levava ao alto do monte, onde as árvores e a vegetação rasteira eram muito cerradas.

– Fizeram bem – disse ela, afinal – em ter vários altares para vários deuses nos velhos tempos.

– Ah, sim! – concordou ele. – Para quem é o novo?

– Não há nenhum antigo – disse ela. – Eu sempre procurava por este.

– E de quem é? – perguntou ele.

– Não sei – respondeu ela, olhando-o de frente.

– Estou muito contente por você estar satisfeita – disse ele.

– Sim. Mas o homem não importa tanto assim. – disse ela.

Houve uma pausa.

– Não! – exclamou ele surpreso, no entanto, identificando-a com seu verdadeiro ego.

– É a própria pessoa que importa – disse ela – se está sendo ela mesma e servindo ao seu Deus.

Houve silêncio, durante o qual ele refletiu. A trilha era quase sem flores, triste. À beira, seus calcanhares afundaram no lodo macio.

III

– Eu – disse ela – me casei na mesma noite que você.

Ele a olhou.

– Naturalmente, não de forma legal – replicou – mas... de fato.

– Com o guarda? – perguntou ele, sem saber o que dizer.

Ela se virou para o rapaz.

– Pensou que eu seria incapaz? – indagou.

Mas o rubor era forte em sua face e garganta, apesar de toda a sua segurança.

Ele continuou sem dizer nada.

– Sabe – ela fazia um esforço para explicar – *eu* tinha que compreender também.

– E em que importa essa *compreensão*? – perguntou ele.

– Importa em muito. Não importa para você? – replicou ela. – A pessoa é livre.

– E não está desapontada?

– Longe disso! – Seu tom era sincero e profundo.

– Você o ama?

– Sim, amo.

– Ótimo!

Isto a deixou calada por algum tempo.

– Aqui, entre as coisas dele, eu o amo – disse ela.

Sua vaidade não o deixaria em silêncio.

– Este ambiente é necessário? – indagou ele.

– É – gritou ela. – Você sempre me fazia não ser eu mesma. Ele riu brevemente.

– Mas é uma questão de ambiente? – perguntou ele.

Ele a considerara totalmente espiritual.

– Sou como uma planta – respondeu ela. – Só posso crescer em minha própria terra.

Chegaram a um local onde a vegetação rasteira se afastava, deixando um espaço nu, marrom, sustentado por troncos cor de tijolo e purpúreos de pinheiros. À borda, pendia o verdor sombrio de árvores mais antigas, com flores lisas, em botão, e abaixo estavam os galhardetes brilhantes, desfraldados, de samambaias. No meio do espaço aberto erguia-se a cabana de madeira de um guarda. Ao redor, cercados de faisões, alguns ocupados por uma ou outra fêmea cacarejante, outros vazios.

Hilda caminhou para a cabana sobre as folhas de pinheiros, pegou uma chave pelo o beiral e abriu a porta. Era um local de madeira, nu, com um banco e uma mesa de carpinteiro, ferramentas, um machado, armadilhas, laços, algumas peles pendendo de pregos de madeira, tudo em ordem. Hilda fechou a porta. Syson observou as fantásticas peles lisas de animais selvagens que estavam presas para serem curadas. Ela girou uma maçaneta na parede lateral e abriu uma segunda, pequena dependência.

– Que romântico! – exclamou Syson.

– Sim. Ele é muito estranho. Tem algo da astúcia de um animal selvagem, no bom sentido, e é imaginativo e inventivo... mas não muito além de certo ponto.

Ela abriu uma cortina verde-escura. O aposento era ocupado quase inteiramente por um grande leito de urze e samambaia, sobre o qual se encontrava um amplo tapete de pele de coelho. No chão, estavam pequenos tapetes de pele de gato como uma colcha de retalhos, uma pele de um filhote de corça também e havia outras penduradas na parede. Hilda pegou uma, e vestiu-a. Era uma capa de pele branca de coelho, com um capuz, aparentemente da pele de arminhos. Ela riu para Syson, emergindo do manto surpreendente, dizendo:

– O que acha?

– Ah! Dou-lhe parabéns pelo seu homem – disse ele.

– E veja! – exclamou ela.

Em uma pequena jarra sobre uma prateleira estavam alguns ramos, delicados e brancos, das primeiras madressilvas.

– Perfumarão a casa à noite.

Ele olhou ao redor com curiosidade.

– O que falta a ele, então? – perguntou Syson.

Ela o encarou por um momento. Depois, desviando o olhar, disse:

– As estrelas não são as mesmas com ele. Você podia torná-las cintilantes e trêmulas, e fazer os miosótis se aproximarem de mim com fosforescência. Você era capaz de tornar as coisas *maravilhosas*. Descobri isso, é verdade. Mas, agora, tenho-as todas para mim mesma.

Ele riu, dizendo:

– Afinal de contas, estrelas e miosótis são apenas futilidades. Você devia fazer poesia.

– Sim – concordou ela – mas tenho-as todas, agora.

Ele tornou a rir, amargamente, para ela.

Ela se virou, rapidamente. Ele estava encostado contra a pequena janela da sala acanhada e escura, e a observava, de pé, à soleira da porta, ainda envolvida em sua capa. Seu gorro fora tirado, e ela então viu seu rosto e a cabeça distintamente no recinto em penumbra. O cabelo preto, liso lustroso, estava penteado e afastado da testa. Seus olhos negros a observavam, e o rosto franco, pálido e completamente livre de barba, tremulava.

– Somos muito diferentes – disse ela, amarga.

Ele tornou a rir.

– Vejo que me desaprova – disse ele.

– Desaprovo o que você se tornou – falou ela.

– Acha que nós poderíamos – lançou um olhar à cabana - ter sido assim, você e eu?

Ela balançou a cabeça.

– Você! Não, nunca! Você pegava uma coisa e examinava-a até descobrir tudo o que queria saber sobre ela, depois atirava-a fora – disse.

– É mesmo? – indagou ele. – E seu caminho jamais poderia ser o meu? Suponho que não.

– Por que seria? – disse ela. – Sou um ser independente.

– Mas, seguramente, duas pessoas às vezes seguem o mesmo caminho – falou ele.

– Você me levou para longe de mim mesma.

Ele sabia que tinha se enganado sobre ela, que a tomara por algo que ela não era. A culpa era dele, não dela.

– E sempre soube? – perguntou ele.

– Não, você nunca me deixou saber. Você me oprimia. Eu não podia ajudar a mim mesma. Fiquei realmente contente quando você me deixou.

– Sei disso – disse ele, porém seu rosto empalideceu mais, com uma luminosidade quase mortal.

– No entanto – disse ele – foi você quem me enviou para o caminho que segui.

– Eu?! – exclamou ela, orgulhosa.

– Você fez com que eu aceitasse a bolsa de estudos do liceu. E fez com que eu alimentasse a amizade ardente do pobre Botell

148

para comigo, até que ele não podia mais viver sem mim, e isto porque Botell era rico e influente. Você venceu na proposta do mercador de vinhos para mandar-me a Cambridge, para ser amigo de seu filho único. Queria que eu subisse na vida. E o tempo todo você me mandava para longe, cada novo sucesso meu colocava uma distância entre nós, e mais para você do que para mim. Você jamais quis ir comigo: queria apenas mandar-me para ver como era. Acredito que até queria que eu me casasse com uma dama. Queria triunfar na sociedade por meio do meu sucesso.

– E eu sou responsável – disse ela com sarcasmo.

– Distingui-me para satisfazê-la – replicou ele.

– Ah! – gritou ela. – Você sempre queria mudar, mudar, como uma criança.

– Muito bem! E eu sou um sucesso, e sei disso, e faço alguns bons trabalhos. Mas... pensei que você era diferente. Que direito tem você a um homem?

– O que quer? – perguntou ela, olhando-o com olhos arregalados, amedrontados.

Ele lhe devolveu o olhar, os olhos aguçados como armas.

– Ora, nada – sorriu brevemente.

Houve um ruído no trinco externo e o guarda entrou. A mulher girou a cabeça, mas permaneceu de pé, com a capa de pele, na parte interna da soleira. Syson não se moveu.

O outro homem entrou, viu, e virou-se sem falar. Os dois também ficaram calados.

Pilbeam cuidou de suas peles.

– Preciso ir – disse Syson.

– Sim – respondeu ela.

– Então, eu lhe dou "Às nossas imensas e variadas fortunas" – e ergueu a mão em promessa.

– "Às nossas imensas e variadas fortunas" – respondeu ela, séria, e falando em tom frio. – Arthur! – disse.

O guarda fingiu não ouvir. Syson, observando com atenção, começou a sorrir. A mulher empertigou-se.

– Arthur! – disse de novo, com uma curiosa inflexão ascendente, que avisou aos dois homens de que sua alma tremia em uma crise dolorosa.

O guarda pousou sua ferramenta devagar, e acercou-se dela

– Sim – falou.

– Queria apresentá-lo – disse ela, trêmula.

– Eu já o encontrei – disse o guarda.

– Já? É Addy, o Sr. Syson, de quem ouviu falar. Este é Arthur, Sr. Pilbeam – acrescentou, virando-se para Syson.

Este estendeu a mão ao guarda e cumprimentaram-se em silêncio.

– Estou contente por tê-lo conhecido – disse Syson. – Deixamos de nos corresponder, Hilda?

– Por que precisamos fazer isso? – perguntou ela.

Os dois homens ficaram constrangidos.

– *Não* há necessidade? – perguntou Syson.

Ela continuou em silêncio.

– Será como você quiser – falou.

Os três desceram juntos o caminho sombrio.

– *"Qu'il était bleu, le ciel, et grand l'espoir"** – citou Syson, sem saber o que dizer.

– O que quer dizer? – perguntou ela. – Além disso, não podemos nos entregar aos desvarios da mocidade; nunca cometemos nenhum.

Syson olhou para ela. Estava surpreso por ver seu amor de juventude, sua monja, seu anjo de Botticelli, assim revelado. Era ele quem tinha sido um tolo. Ele e ela estavam mais separados do que dois estranhos. Ela desejava apenas manter corres pondência com ele – e ele, claro, queria que esta fosse mantida, para que pudesse escrever-lhe, como Dante a uma Beatriz, que jamais havia existido a não ser no cérebro do poeta.

---

* Verso do poema "Colloque sentimental", de Paul Verlaine: "Como era azul o céu, e grande, a esperança." (*N. do E.*)

No fim da trilha, Syson a deixou. Continuou a caminhar com o guarda em direção ao espaço aberto, ao portão que se fechava sobre a mata. Os dois homens caminhavam quase como amigos. Não tocaram no assunto que lhes ia no pensamento.

Em vez de ir diretamente para a cancela da estrada, Syson caminhou ao longo da extremidade da mata, onde o riacho espalhava-se em um pequeno charco, e sob os amieiros, entre as canas, cintilavam grandes ramos e botões de margaridas douradas. Filetes de água marrom corriam próximos, salpicados do ouro das flores. De repente houve um brilho azul no ar, quando um pica-peixe passou.

Syson estava extraordinariamente emocionado. Subiu a margem em direção aos tojos, cujas cintilações de flores ainda não se haviam reunido em uma chama. Descobriu, jazendo sobre a turfa marrom e seca, galhos de pequenas polígalas purpúreas e locais róseos de paparrazes. Que mundo maravilhoso era aquele, sempre novo! Sentiu como se, apesar disso, fosse um mundo subterrâneo, como as campinas do inferno monótono. Dentro do peito havia a dor de uma ferida. Lembrou-se do poema de William Morris que dizia que, na capela de Lyonesse, um cavaleiro jazia ferido, com uma lança enfiada profundamente no peito, jazendo sempre como morto, e, no entanto, não morria, enquanto, dia após dia, a luz colorida do sol mergulhava do vitral por meio do coro e desaparecia. Agora, ele sabia que aquilo que existia entre ele e ela jamais fora verdade, nem por um momento. A verdade havia permanecido à parte, o tempo todo

Syson se virou. O ar estava repleto do som das cotovias, como se o sol acima se condensasse e se precipitasse em um aguaceiro. Em meio a este som, vozes soavam baixas e nítidas

– Mas, se ele está casado e deseja partir, o que tem contra isso? – perguntou a voz do homem.

– Não quero falar sobre isso agora. Quero ficar sozinha.

Syson olhou através dos arbustos. Hilda estava de pé no bosque, perto do portão. O homem estava na campina, demorando-se perto da sebe, e brincando com as abelhas quando pousavam nas flores da amoreira branca.

Por algum tempo, houve silêncio, durante o qual Syson imaginou o desejo de Hilda entre o esplendor das cotovias. De repente, o guarda exclamou "Ai!", e praguejou. Segurava a manga do casaco, perto do ombro. Depois tirou o casaco, atirou-o ao chão, e, absorto, subiu as mangas da camisa até o ombro.

– Ah! – exclamou vingativo ao pegar a abelha e jogá-la longe.

Torceu o braço bonito, claro, espreitando desajeitado por cima do ombro.

– O que foi? – perguntou Hilda.

– Uma abelha. Subiu pela minha manga – respondeu ele.

– Venha até aqui – disse ela.

O guarda se acercou, como um garoto birrento. Ela segurou o braço dele com as mãos.

– Aqui está, e o ferrão também. Pobre abelha!

Ela retirou o ferrão, colocou a boca sobre a picada e sugou a gota de veneno. Ao olhar para a marca vermelha deixada por sua boca no braço do guarda, disse ela, rindo:

– Este é o beijo mais ardente da sua vida.

Quando Syson ergueu a cabeça ao som das vozes, viu à sombra o guarda com a boca sobre o pescoço de sua amada, cuja cabeça estava atirada para trás, e o cabelo solto, de forma que uma mecha hirsuta e castanha estendia-se sobre o braço nu do guarda.

– Não – respondeu a mulher – não estou preocupada porque ele foi embora. Você não compreende...

Syson não pôde entender o que o homem disse. Hilda replicou, clara e distintamente:

– Sabe que amo você. Ele saiu completamente da minha vida, não se preocupe por causa dele... – Ele a beijou, murmurando.

Ela riu, surdamente.

– Sim – falou, indulgente. – Nós nos casaremos, nós nos casaremos. Mas não já.

Ele lhe falou de novo. Por algum tempo, Syson não ouviu nada. Depois, Hilda disse:

– Precisa ir para casa agora, querido, ou não dormirá nada.

Mais uma vez, ouviu-se o murmúrio da voz do guarda, perturbada pelo medo e pela paixão.

– Mas por que nos casaríamos imediatamente? – perguntou ela. – O que mais você teria, casando-se? É maravilhoso como está.

Afinal, ele vestiu o casaco e afastou-se. Ela permaneceu ao portão, não observando-o, mas olhando para o campo ensolarado.

Quando ela finalmente se foi, Syson também partiu, de volta para a cidade.

7
O velho Adão

A criada que abriu a porta estava em vias de transformar-se em uma mulher bastante atraente. Por esta razão, parecia possuir o orgulho insolente de alguém que acabou de receber uma herança. Seria uma mulher esplêndida para se olhar, tendo sangue judeu suficiente para converter em beleza a sua graciosidade. Aos 19 anos, os belos olhos cinzentos tinham um ar de desafio e o aspecto apaixonado e o cabelo negro preso por um laço frouxo realçavam a dobra sensual da boca.

Ela não usava touca ou avental, mas uma bata elegante, com mangas, tal como as verdadeiras damas.

O homem para quem abriu a porta era alto e magro, mas atraente em sua vitalidade. Usava roupa de flanela branca, e carregava uma raquete de tênis. Com uma ligeira inclinação de cabeça à criada, colocou-se ao seu lado à entrada. Era um desses homens que atrai por seu movimento, cuja mudança de posição é percebida inconscientemente, como observamos uma ave marinha agitando as asas com preguiça. Em vez de entrar na casa, o rapaz permaneceu de pé ao lado da criada e voltou o olhar para a noite escura. Quando parado, ele tinha a aparência hesitante, irônica, tão notável na juventude instruída de hoje, o contrário dessa agressividade tradicional dos jovens.

– Vai trovejar, Kate – disse ele.

– Sim, acho que sim – replicou ela, em pé de igualdade.

O rapaz permaneceu estático por um momento, olhando para as árvores do outro lado da estrada, e para o crepúsculo deprimente.

– Veja – disse ele – não há vestígio de cor na atmosfera, embora seja a hora do pôr do sol; tudo está cinza, brilhante; e aqueles carvalhos ardem, estranhamente, como um fogo fraco, veja!

– Sim – disse Kate, bastante constrangida.

Houve outra pausa.

– Lamenta ir embora? – perguntou ele com um leve tom de ironia.

– De certa forma – replicou ela, com muita arrogância.

Ele riu, como se compreendesse o que não era dito, e depois com um "Ah, bem!", atravessou o vestíbulo.

A jovem criada ficou imóvel por alguns momentos, cerrando os punhos, apertando o peito, revoltada. Depois fechou a porta.

Edward Severn entrou na sala de jantar. Eram 8 horas e estava muito escuro para uma noite de junho; nas paredes azuis, em penumbra, somente as molduras douradas dos quadros brilhavam palidamente. O relógio enchia a sala com seu tique-taque delicado.

A porta se abria para uma pequena estufa orlada por uma videira. Severn pôde ouvir a tagarelice alta de uma criança no jardim, do outro lado. Dirigiu-se à porta de vidro.

Havia uma menina de 3 anos, vestida de branco, correndo pela grama perto do canteiro de flores. Era muito bonita, muito rápida e viva em seus movimentos; lembrou-lhe um ratinho que brinca sozinho no trigo, por puro prazer. Severn recostou-se no portal, observando-a. De repente, ela o viu, correu, exibiu um cumprimento, deu um pequeno salto alegre e permaneceu imóvel de novo, como se suplicasse algo.

– Sr. Severn – gritou, em um tom altamente adulador –, venha e veja isto.

– O quê? – perguntou ele.

– Venha ver – suplicou ela.

Ele riu, sabendo que ela desejava apenas que ele fosse ao jardim, e foi.

– Veja – disse ela, estendendo o bracinho rechonchudo.

– O quê?

A criança não confessaria que usara um truque para atraí-lo até ali, para divertir-se.

– Tudo explodiu em botões – disse ela, apontando para os cravos-de-defunto fechados. Em seguida: – Veja! – gritou, atirando-se às pernas dele, agarrando a flanela das calças e puxando-o com violência.

Era uma pequena e arrebatada Mênade. Voou, gritando como uma ave festeira pelo jardim, olhando para trás, a fim de ver se ele a seguia. Sem coragem de desistir, ele foi atrás dela rapidamente. No jardim sombrio, os dois vultos brancos precipitaram-se por entre as plantas floridas, a criança com as saias folgadas de seda, como um pássaro eriçado, o homem, ágil e veloz, erguendo-a e escondendo seu rosto no dela. E, o tempo todo, a voz aguda da criança repetia os gritos graves do homem, de aviso e triunfo, enquanto ele a perseguia. Muitas vezes, ela ficou verdadeiramente assustada com ele; depois pendurou-se com firmeza ao seu pescoço, e Severn riu e caçoou dela em voz baixa, perturbada, enquanto ela protestava.

O jardim era grande para um subúrbio de Londres. Era cercado por um alto talude escuro, que se erguia acima de uma fileira de álamos-pretos. E, acima das folhas pontiagudas das árvores, a grande altura, deslizavam os trens de luzes douradas, com o movimento fácil das máquinas e o ruído áspero, penetrante.

A Sra. Thomas estava de pé à soleira escura, observando a noite, os trens, a passagem rápida e a corrida dos dois vultos brancos.

– E agora devemos entrar – ouviu Severn dizer.

– Não – gritou a criança, rebelde e desafiante como se fosse um ébrio.

Agarrou-se a ele como um gato selvagem.

– Sim – disse ele. – Onde está sua mãe?

– Balance-me – exigiu a criança.

Ele a pegou no colo. Ela o apertou fortemente com os braços pequenos.

156

– Perguntei onde está sua mãe – insistiu ele, um pouco asfixiado.

– Está lá em cima – gritou a criança. – Balance-me.

– Acho que ela não está – disse Severn.

– Está. Balance-me, balaaance-me!

Ele se inclinou para a frente, de forma que ela pendesse em seu pescoço como um enorme pingente. Depois balançou-a, rindo baixinho consigo mesmo enquanto ela estremecia de medo. Quando ela escorregou, ele a aconchegou ao peito.

– Mary! – chamou a Sra. Thomas, naquele tom de voz baixo, melodioso, de uma mulher que tem o coração excitado e feliz. – Mary! – insistiu, longa e docemente.

– Oh, não! – gritou a criança depressa.

Mas Severn afastou-a. Rindo, inclinou a cabeça e ofereceu à mãe a criança pendurada em seu pescoço.

– Venha cá – disse a Sra. Thomas, com um aspecto de sabichona, agarrando a cintura da menina com as mãos.

– Oh, não! – gritou a criança, enfiando a cabeça no pescoço do rapaz.

– Mas é hora de dormir – falou a mãe.

Riu enquanto puxava a menina para que libertasse Severn. A garotinha se agarrou com mais força e riu, também sentindo que não havia determinação nas mãos da mãe. O homem curvou a cabeça para se soltar da criança, inclinou-se e colocou a menina pendurada ao pescoço. A garota agarrou-se a ele, sufocada pelo riso.

– Deixe o Sr. Severn mudar minha roupa – disse, abraçando-se ao homem, que viera hospedar-se com seus pais quando ela ainda não tinha um mês de vida.

– Está altamente prestigiado esta noite – disse a mãe a Severn.

Ele riu e os três permaneceram de pé por um instante, observando os trens passarem e tornarem a passar contra o céu, além do fim do jardim. Depois, entraram em casa e Severn despiu a criança.

157

Era uma menina bonita, uma bacante com o cabelo revolto, louro escuro, agitando-se à sua volta como uma grinalda solta, os olhos eram da cor de avelã, brilhando com ousadia! Os dentes eram pequenos, separados, cintilando em curtas emoções de riso, dentro da boca vermelha e pequena. O rapaz a amava. Ela era uma onda luminosa tão pequena de obstinação, tão abandonada aos seus impulsos, tão inocente e serena quando jazia em repouso, tão surpreendente ao correr, com as pernas nuas. Mas estava crescendo muito para ser despida por um rapaz.

Ela sentou-se em seu joelho com a camisola de cintura alta, comendo seu pedaço de pão com manteiga com pequenas dentadas de ressentimento: não queria ir para a cama. Mas Severn a fez repetir o Pai-Nosso. Ela cerceou as palavras em latim, e a Sra. Thomas, ouvindo, corou de prazer, embora fosse protestante e deplorasse a descrença de Severn, que havia sido católico.

A mãe pegou a criança para levá-la para a cama. A Sra. Thomas tinha 34 anos, e possuía seios cheios, fartos. Tinha um cabelo escuro que se enroscava levemente ao redor da testa baixa, branca. A tez era clara, e as sobrancelhas bonitas, os olhos azuis. A parte inferior do rosto era dura.

– Me dá um beijo – disse Severn à menina.

Levantou o rosto ao sentar-se na cadeira de balanço. A mãe ficou de pé ao lado, olhando-o, e mantendo a criança risonha e traquinas contra o peito. O rosto do homem estava bem erguido, as sobrancelhas espessas afastadas da ternura risonha dos olhos, que pareciam escuros porque a pupila estava dilatada. Franziu a boca bonita, o bigode, espesso e bem aparado, se movimentava.

Era um homem que transmitia ternura, mas não a pedia. Guardava todos os seus problemas consigo mesmo, rindo. Porém seus olhos eram muito tristes quando serenos. Compreendia rapidamente, a dor, mas não a conhecia.

A Sra. Thomas observou a boca bonita do homem, erguida para o beijo. Ela se inclinou, abaixando a criança e, de repente, por uma mudança súbita em seu olhar, compreendeu que ele estava consciente dos seus seios volumosos que se aproximavam dele. A garota marota e rebelde inclinou o rosto para o dele, e, então, em vez de beijá-lo, subitamente lambeu-lhe a face com a língua molhada, macia. Ele recuou com aversão, e seus olhos e dentes cintilaram em um riso perigoso.

– Não, não – riu, com ruídos abafados. – Não me lamba como um cão, minha querida, oh, não!

A garota gargalhou de alegria, soltou uma risada entrecortada e cruel, que explodiu como uma bolha de ar.

Ele ergueu a boca outra vez, e, de novo, seu rosto ficou em posição horizontal, abaixo da face da jovem mãe. Ela desviou o olhar para ele, como se estivesse fascinada.

– Beije-me, então – disse ele com voz rouca.

A mãe abaixou a criança. Não esta muito confiante de seu equilíbrio. Novamente, a criança estendeu a língua para lambê-lo, quando se acercou do rosto do rapaz. Ele afastou o rosto depressa, rindo roucamente.

A Sra. Thomas virou o rosto para o lado; não veria mais nada.

– Vamos, então – disse ela à criança – se não beijar direito o Sr. Severn...

A garota riu sobre o ombro da mãe, como um esquilo agachado ali. Foi carregada para a cama.

Ainda não estava completamente escuro; as nuvens haviam se dispersado um pouco. O rapaz afundou em uma poltrona, com um livro de poesia francesa. Leu um poema e depois ficou imóvel.

– Ora, tudo escuro! – exclamou a Sra. Thomas entrando. – E você lendo nesta luz.

Ela o censurou com um afeto tímido. Depois, lançando um olhar às calças de flanela branca esparramadas na penumbra, dirigiu-se à porta. Lá, deu as costas ao rapaz, olhando para fora.

– Os lírios-do-vale têm um aroma forte à noite, não é? – disse ela, afinal.

Ele replicou com alguns versos do poema francês que estivera lendo.

Ela não compreendeu. Houve um silêncio estranho.

– Um aroma peculiar, forte, sensual – disse ele, finalmente, com fala arrastada. – Não é?

Ela riu lacônica, dizendo:

– Ei, não sei sobre isso.

– É – afirmou ele, com calma.

Ergueu-se de sua cadeira e foi ficar de pé à porta, ao lado dela.

Havia um grande maço de lírios-do-vale perto da janela. Mais adiante, no último crepúsculo, um grupo de enormes papoulas oscilava e balouçava seu escarlate dourado, que nem mesmo a escuridão conseguia encobrir.

– Devíamos estar muito tristes – disse ela depois de algum tempo.

– Por quê? – perguntou ele.

– Bem... não é a última noite de Kate? – disse ela, em tom de leve gracejo.

– Kate é uma fera – disse ele.

– Oh, ela é rude demais, realmente! A forma como ela critica as coisas que você faz, e a insolência dela...

– As coisas que eu faço? – perguntou ele.

– Oh, não; você não faz nada errado. São as coisas que *eu* faço – a Sra. Thomas parecia muito inflamada.

– Pobre Kate, ela terá que melhorar seu gênio – disse Severn.

– Em verdade, terá, e será uma boa coisa também.

Houve novo silêncio.

– Está relampejando – disse ele, afinal.

– Onde? – interrogou ela com uma brusquidão que o surpreendeu.

Ela se voltou, encontrou os olhos de Severn por um instante. Ele abaixou a cabeça, perturbado.

160

– Lá no nordeste – disse ele, escondendo-lhe o rosto.

Ela observava mais a mão dele do que o céu.

– Oh – disse ela, desinteressada.

– Verá, a tempestade mudará de direção – disse ele.

– Espero que se vire para o outro lado, então.

– Bem, isto não acontecerá. Não gosta de relâmpagos, não é? Teria que se refugiar com Kate, se eu não estivesse aqui.

Ela riu com calma, de sua ironia.

– Não – falou, quase com amargura. – O Sr. Thomas nunca está em casa quando se precisa dele.

– Bem, como sua presença nunca será exigida com urgência, nós o perdoamos, não é?

Nesse momento, um clarão branco atravessou a escuridão. Eles se entreolharam, rindo. O trovão soou fraco e hesitante.

– Vamos fechar a porta – disse a Sra. Thomas em um tom de voz normal, mas suficientemente distante.

Era uma mulher forte, e trancou e aferrolhou com facilidade os fechos resistentes. Severn acendeu a luz. A Sra. Thomas notou a desordem do quarto. Chamou a criada, e Kate apareceu rapidamente.

– Quer recolher as coisas da criança? – disse a Sra. Thomas em um tom desdenhoso de mulher hostil.

Kate, sem responder, e em sua maneira soberba e sem pressa, começou a reunir as pequenas roupas. As duas mulheres estavam conscientes do vulto claro e observador do homem, de pé à lareira. Severn se equilibrava com uma postura elegante, natural, e sorria consigo mesmo, um pouco contente ao ver as duas mulheres naquele estado de hostilidade. Kate se movia pelo quarto com a cabeça curvada, mas desafiante. Severn a observou com curiosidade; não conseguia compreendê-la. E ela partiria no dia seguinte. Quando Kate deixou o quarto, ele permaneceu de pé, imóvel, pensando. Algo em sua postura elegante, vigorosa, tão alerta e inocente, além de independente, fez com que a Sra. Thomas levantasse o olhar do trabalho de costura.

161

– Vou descer as venezianas – disse ele, ciente de que atraía atenção.

– Obrigada – retrucou ela, de forma convencional.

Ele desceu as venezianas de gelosia, e depois, afundou em sua cadeira.

A Sra. Thomas sentou-se à mesa, perto dele, costurando. Era uma mulher atraente, de corpo bem-feito. Estava embaixo da única luz acesa. O quebra-luz era de seda vermelha, orlada de amarelo. Ela permaneceu ali sob a luz dourada e cálida. Houve um silêncio estranho entre eles, como se fosse um suspense quase doloroso para ambos; no entanto era um silêncio que nenhum deles romperia. Severn ouvia o ruído da agulha, olhava o movimento da mão da mulher e também fincava seus olhos na janela, onde o relâmpago chocava-se e batia de um lado a outro da gelosia. O trovão ainda vinha distante.

– Veja o relâmpago – disse ele.

A Sra. Thomas se sobressaltou ao som da voz do rapaz, e parte da cor desapareceu de seu rosto. Ela se virou para a janela.

Lá, entre os estalos das venezianas, surgia o clarão branco do relâmpago; depois, a escuridão. Uma forte tempestade varria o céu. Mal um fulgor repentino tremulava e se afastava, palpitante, e outro cobria de branco a janela. Este diminuía e outro se precipitava: estremecia por um momento como uma mariposa, depois desaparecia. Os trovões se encontravam e coincidiam parcialmente; travavam-se no céu duas batalhas ao mesmo tempo.

A Sra. Thomas se tornou muito pálida. Tentou não olhar para a janela; contudo, quando sentiu o relâmpago empalidecer a luz da lâmpada, olhou, e estremecia todas as vezes em que um clarão se lançava contra a janela. Severn, inconscientemente, sorria, e o seu olhar se excitava.

– Não gosta? – perguntou, afinal, com delicadeza.

– Não muito – respondeu ela, e Severn riu.

162

– Os trovões mais fortes, no entanto, estão bem distantes – disse ele. – Nenhum está perto o suficiente para nos atingir.

– Claro, mas – respondeu ela, finalmente descansando as mãos no colo, e voltando-se para ele – fazem-me ficar bastante nervosa. Não imagina como me sinto. É como se não pudesse me conter.

Fez um gesto indefeso com a mão. Ele a observava com atenção. A mulher lhe parecia pateticamente desamparada e assombrada. A Sra. Thomas tinha oito anos a mais que ele. Severn sorriu de maneira estranha, alerta, como um homem que sente o perigo. Ela se inclinou para o trabalho, costurando, tensa. Fez-se um silêncio em que nenhum dos dois era capaz de respirar livremente.

Em seguida, um relâmpago mais forte que de costume prateou a luz amarela da lâmpada. Ambos lançaram um olhar à janela, depois se entreolharam. Por um instante, foi um olhar de acolhimento, que depois se converteu em um sorriso largo e atrevido. Ele a sentiu vacilar, perder a calma, tornar-se incoerente. Percebendo o ligeiro desamparo de suas lágrimas próximas, Severn sentiu o coração bater surdamente a caminho de uma crise. Ela tinha o rosto curvado sobre a costura.

Severn afundou em sua cadeira, parcialmente sufocado pelas batidas do coração. Repetidas vezes, no entanto, quando os relâmpagos aconteciam, olhavam um para o outro, até ambos estarem ofegantes e temerosos, não dos relâmpagos, mas de si próprios e um do outro.

Severn estava tão emocionado que teve consciência de sua perturbação. "Que diabos está acontecendo?", perguntou-se, pensativo. Aos 27 anos, era bastante casto. Sendo muito educado, estimava as mulheres por sua intuição, e pela delicadeza com que podia transmitir-lhes seus pensamentos e sentimentos, sem qualquer discussão incômoda. Só conseguia prosseguir deste ponto até um estado de paixão por transições graduais e sutis, e ele jamais tomara a iniciativa nesse processo.

Agora, encontrava-se surpreso, assombrado, perturbado, e, no entanto, ainda levemente consciente de onde se encontrava. Sentia uma dor no peito que o fazia arquejar, e uma tensão involuntária nos braços, como se precisasse apertar alguém contra si. Mas a ideia de que esse alguém era a Sra. Thomas o teria chocado demais, se a houvesse formulado. Sua paixão havia crescido em seu subconsciente, até que, agora, chegara a tal grau que necessitava levar para a obediência a sua parte consciente. Isto, provavelmente, jamais aconteceria; ele não lhe daria obediência, e a emoção cega, neste sentido, não podia arrebatá-lo sozinho.

Cerca de 11 horas o Sr. Thomas chegou.

– Perguntava-me se você ainda voltaria um dia para casa – Severn ouviu a voz da Sra. Thomas dizer quando o marido entrou.

– Saí do escritório às dez e meia – replicou a voz de Thomas, em um tom amuado.

– Oh, não tente me contar essa velha história – respondeu a mulher com desprezo.

– Não tentei coisa alguma, Gertie – replicou ele, sarcástico. – Respondi à sua pergunta.

Severn imaginou-o curvando-se com dignidade afetada, magistral, e sorriu. O Sr. Thomas era reconhecido na magistratura.

A Sra. Thomas deixou o marido no vestíbulo, e veio sentar-se novamente à mesa onde ela e Severn haviam acabado de jantar e estavam lendo durante esse tempo.

Thomas entrou, muito corado. Era de estatura mediana, um homem de 40 anos, de constituição forte, atraente. Mas possuía ombros arredondados devido à projeção do queixo, que o fazia parecer um homem agressivo, de maxilar rijo. *Tinha* um bom maxilar; mas a boca era pequena e apertada de nervosismo. Os olhos castanhos eram do tipo emotivo, afetuoso, sem orgulho ou austeridade.

Ele não falou com Severn, nem Severn com ele. Embora, via de regra, os dois fossem amistosos, havia ocasiões em que, sem nenhuma razão, caíam em uma silenciosa hostilidade. Thomas sentou-se pesadamente e estendeu a mão para a garrafa de cerveja. Tinha mãos grosseiras e imprecisas em seu movimento. Severn observou os dedos grossos agarrarem o copo como se este fosse um inimigo traiçoeiro.

– *Já* jantou, Gertie? – perguntou Thomas em um tom de voz que soou como um insulto.

Não podia suportar que aqueles dois lessem, como se ele não existisse.

– Sim – replicou a mulher, erguendo os olhos para ele com surpresa impaciente. – Já é bastante tarde. – Em seguida, mergulhou novamente na leitura.

Severn abaixou a cabeça e riu. Thomas engoliu um bocado de cerveja.

– Gostaria que respondesse às minhas perguntas, Gertie, sem detalhes supérfluos – falou ele com insolência, projetando o queixo como se a examinasse.

– Oh – disse ela, indiferente, sem erguer os olhos. – Minha resposta não foi satisfatória?

– Bastante. Agradeço-lhe – retrucou ele, curvando-se com forte sarcasmo, totalmente desorientado com sua esposa.

– Hum! – murmurou, distraída, continuando a ler.

O silêncio voltou. Severn ria consigo mesmo, exultante.

– Fizeram-me um elogio esta noite, Gertie – disse Thomas, muito amistoso, depois de algum tempo.

Ainda ignorava Severn.

– Hum! – murmurou a esposa.

Este era um começo bem conhecido. Thomas avançava com valentia na corte à mulher, engolindo sua cólera.

– O conselheiro Jarndyce, em plena reunião da comissão... Está ouvindo, Gertie?

– Sim – respondeu ela, levantando os olhos por um momento.

165

– Você conhece o estilo do conselheiro Jarndyce – continuou Thomas, no tom de um homem determinado a ser paciente e afável –, o velho e cortês cavalheiro inglês.

– Hum! - replicou a Sra Thomas.

– Ele falava em resposta e... – Thomas forneceu detalhes cansativos, aos quais ninguém prestou atenção. – Depois, ele se inclinou para mim, e, em seguida, para o Presidente: "Sou levado a crer, Sr. Presidente, que temos *uma* razão para nos congratularmos: somos inestimavelmente felizardos por dispormos de *um* membro em nosso *staff*; há um ponto acerca do qual poderemos estar sempre seguros: a questão da *lei*; este é um ponto importante, Sr. Presidente." Ele se curvou para o presidente e para mim. E você devia ter ouvido os aplausos em toda a sala do conselho. Aquela grande mesa em ferradura, você não sabe como é impressionante. E todos os rostos voltados para mim, e em toda a câmara: "Apoiado! Apoiado." A senhora não sabe como sou respeitado no *negócio*, Sra. Thomas.

– Então, que isto lhe baste – disse a Sra. Thomas com calma indiferença.

Ele mordeu seu pão com manteiga.

"O palerma tomou dois goles de uísque, e por isso está se valendo de sua imaginação", pensou Severn, rindo profundamente consigo mesmo.

– Pensei que você tinha dito que não haveria reunião esta noite – comentou a Sra. Thomas inocente e repentinamente, após algum tempo.

– Houve uma reunião, *em segredo* – replicou o marido, empertigando-se com dignidade oficial.

Sua honra excessiva e ferida abalou Severn; a mentira desgostou a Sra. Thomas, a despeito de si mesma.

Logo, Thomas, sempre cortejando a esposa e negligenciando Severn de forma insultuosa, levantou uma questão política, deu uma opinião altiva, muito ofensiva para o rapaz. Severn se levantara, espreguiçara-se e pousara o livro. Apoiava-se ao consolo da lareira em postura negligente, como se mal notasse os dois interlocutores. Mas, ouvindo Thomas pronunciar-se grosseiramente sobre o direito da mulher, despertou e contra-disse seu senhorio com frieza. A Sra. Thomas lançou um olhar de júbilo ao rapaz vestido de branco, que se recostava com tanto desdém à lareira. Thomas estalou os nós dos dedos, um após outro, e abaixou os olhos castanhos, que estavam cheios de ódio. Depois de uma pausa suficiente, porque sua timidez era mais forte que seu impulso, replicou com uma frase que soou definitiva. Severn desmontou sua sentença com poucas palavras. Na discussão, Severn era mais culto e muito mais sagaz que o antagonista, que carregava suas respostas com a demonstração de invencibilidade de um jurista. No entanto, este não possuía qualquer agudeza de percepção, simples-mente rejeitava os exemplos do oponente e lhe sorria. O rapaz também se divertia ao abaixar o olhar com desprezo, fitando diretamente os olhos castanhos do homem mais velho o tempo todo, de uma maneira que Thomas se sentia insultado.

A Sra. Thomas, entretanto, se pôs ao lado do marido contra as mulheres, sem reservas. Severn estava zangado; estava des-denhosamente zangado com ela. A mulher o olhava de vez em quando: havia um leve arrebatamento iluminando-lhe os belos olhos azuis. A ironia de seu papel a deliciava. Se ela houvesse apoiado Severn, o rapaz teria sentido compaixão pelo homem abandonado e teria sido gentil com ele.

A batalha de palavras se tornou mais pessoal e intensa. A Sra. Thomas não fez nenhum gesto para interrompê-la. Finalmente Severn tomou consciência de que ele e Thomas estavam excessivamente exaltados. Thomas havia se esquivado e recuado de forma dolorosa, como um coelho meio desespe-rado, que não compreende que caiu na armadilha. Afinal, seus esforços comoveram até mesmo o oponente. A Sra. Thomas não se mostrou compassiva. Desdenhou a sagacidade de ar-gumentação do marido, quando sua fraude intelectual era tão evidente para ela. Severn pronunciou suas últimas frases e não quis dizer mais nada. Thomas então estalou os nós dos dedos, um após o outro, desviou-se consumido por uma humilhação mórbida e fez-se silêncio.

– Vou dormir – disse Severn.

Teria dito algumas palavras conciliadoras ao seu senhorio; demorou-se com esse propósito, mas não conseguiu expressar seu objetivo.

– Oh, antes de ir, Sr. Severn, importa-se de ajudar o Sr. Thomas a descer o baú de Kate? Talvez o senhor saia antes de ele se levantar, de manhã, e o táxi vem às dez horas. Importa-se?

– Por que me importaria? – replicou Severn.

– Pode ser agora, Joe? – perguntou ela ao marido.

Thomas se pôs de pé com a aparência de um homem que se controla e que está decidido a ser paciente.

– Onde está? – indagou.

– No patamar superior. Depois eu falo com Kate. Cuidado para não assustá-la, ela já foi se deitar.

A Sra. Thomas era totalmente dona da situação; os dois homens eram humildes diante dela. A mulher indicou o caminho, com uma vela, até o terceiro andar. Lá, no pequeno patamar, fora da porta fechada, estava um grande baú de folha de flandres. Os três permaneciam calados por causa da criança.

"Pobre Kate", pensou Severn. "É uma vergonha expulsá-la e jogá-la no mundo, e por nada."

Sentiu um impulso de ódio contra as mulheres.

– Devo ir na frente, Sr. Severn? – perguntou Thomas.

Era surpreendente como os dois homens se tornavam amistosos quando tinham algo a fazer juntos, ou quando a Sra. Thomas se encontrava ausente. Eram então camaradas. Thomas era o mais velho, de constituição robusta, representando o papel de protetor, embora sempre deferente com o homem mais jovem, caprichoso.

– Seria melhor eu ir primeiro – disse Thomas, bondosamente. – E se você colocar isto ao redor da alça, não cortará os dedos.

168

Ofereceu ao rapaz um livreto flexível, que tirou do bolso. Severn tinha mãos tão pequenas e delicadas que Thomas se compadecia delas.

Severn ergueu uma extremidade do baú. Inclinando-se para trás e lançando um sorriso à Sra. Thomas, que estava de pé com a vela, cochichou:

– Kate tem muito mais bagagem do que eu.

– Sei que está pesado – a Sra. Thomas riu.

Thomas, esperando à beira da escada, viu o rapaz espichar o pescoço nu em direção à mulher sorridente, e sussurrar palavras que lhe agradavam.

– Às suas ordens, senhor – disse ele em seu tom de voz mais áspero e oficial.

– Desculpe – rebateu Severn, com sarcasmo.

O homem mais velho retrocedeu com muita cautela, descendo, de forma rígida, um degrau e olhando ansiosamente para trás.

– Está segurando a vela para *mim*, Gertie? – falou, bruscamente sarcástico, quando desceu o degrau.

Ela ergueu a vela com um movimento rápido. Ele estava afobado e com medo. Severn, sempre indiferente, sorriu de leve e abaixou o baú com movimentos fáceis e negligentes. Na verdade, três quartos do grande peso recaíam sobre Thomas. A sua esposa observava os dois vultos, do alto.

"Se eu escorregasse agora", pensou Severn, ao notar o rosto ansioso, vermelho, do seu senhorio, "eu o esmagaria como a uma mosca", e riu consigo mesmo.

– Não venha ainda – disse ele suavemente à Sra. Thomas. – Se escorregar, seu marido irá até lá embaixo, sob o choque. Cuidado com a avalanche assustadora.

Ele riu e a Sra. Thomas soltou uma risada curta, entre os dentes. Thomas, muito vermelho e afogueado, voltou a cabeça, lançou-lhes um olhar irritado, mas não disse nada.

Havia um desvio nos degraus perto do pé da escada. Severn sentia-se particularmente ousado. Quando chegou à curva, riu consigo mesmo, sentindo seus chinelos caseiros pouco seguros nos degraus estreitos, triangulares. Amava o risco acima de tudo, e um instinto subconsciente tornava o risco duplamente agradável, visto que seu rival estava sob o baú. Apesar de tudo, Severn não tocaria intencionalmente em um fio de cabelo do seu senhorio.

Quando Thomas começava a suar de alívio, a um degrau apenas do patamar, Severn escorregou, de maneira bastante acidental. O grande baú espatifou-se, como se cheio de dor, e Severn deslizou pela escada. Thomas foi atirado para trás, através do patamar, e sua cabeça se chocou contra o balaústre do corrimão. Severn, vendo que não houvera grande dano, lutava para pôr-se de pé, rindo e dizendo: "Lamento muito", quando Thomas se ergueu. O homem mais velho estava enfurecido como um touro. Viu o rosto risonho de Severn e enlouqueceu. Seus olhos castanhos brilhavam.

– Você... você fez de propósito! – gritou e, imediatamente, aplicou dois golpes violentos contra o maxilar e ouvido do rapaz.

Thomas, futebolista e boxeador na juventude, fora criado entre os valentões de Swansea; Severn, em um colégio religioso na França. O rapaz jamais fora atingido no rosto antes. No mesmo instante, empalideceu e enlouqueceu de cólera. Thomas permaneceu em guarda, com os punhos erguidos. Mas, no patamar pequeno e atravancado, não havia lugar para luta. Além disso, Severn não tinha aptidão para socos. Com os dedos abertos, rijos, o rapaz saltou sobre o adversário. Apesar do golpe que recebeu, mas que não sentiu, investiu novamente, e então agarrou o colarinho de Thomas, e derrubou-o com um ruído forte. No mesmo instante, suas belas mãos cravaram-se no pescoço grosso do outro, e o colarinho de linho se abriu, rasgando-se. Thomas lutou como um louco, com uma força cega, brutal. Mas o rapaz continuava sobrepondo-se como uma arma branca, sua inteligência privilegiada concentrada em um ponto: estrangular Thomas rapidamente. Ele pressionou a cabeça do senhorio, forçando-a sobre a beira do lanço de degraus seguinte. Thomas, que era robusto e resistente, perdeu qualquer vestígio de autodomínio; lutava como um animal na matança. O sangue saía de seu nariz e cobria-lhe o rosto; ele produzia sons terríveis e sufocantes enquanto lutava.

De repente, Severn sentiu o rosto virado entre duas mãos. Com um choque de verdadeira agonia, encontrou os olhos de Kate. Ela se inclinou, prendeu os olhos dele.

– O que pensa que está fazendo? – gritou ela, em um frenesi de indignação.

Ela se debruçou sobre ele em sua camisola, suas duas tranças negras pendendo, perpendiculares. Ele escondeu o rosto e retirou as mãos dela. Ao se ajoelhar para ficar de pé, ergueu os olhos para a escada. A Sra. Thomas permanecia de pé contra o corrimão, imóvel, em um transe de horror e remorso. Ele viu o remorso claramente. Severn virou o rosto e ficou louco de vergonha. Viu o senhorio ajoelhar-se, as mãos na garganta, asfixiado, rouco, ofegante. O coração do rapaz se encheu de remorso e pesar. Colocou os braços ao redor do homem pesado e levantou-o, dizendo com ternura:

– Deixe-me ajudá-lo a levantar-se.

Havia colocado Thomas contra a parede, quando o homem sufocado começou a escorregar novamente, prostrado, arquejando o tempo todo, lamentavelmente.

– Não, fique de pé; ficará melhor de pé – ordenou Severn, ríspido, reerguendo seu senhorio.

Thomas conseguiu obedecer, de forma estúpida. Seu nariz ainda sangrava, e ele continuava segurando a garganta e arquejava com um som crocitante. Mas sua respiração se tornava mais profunda.

– Água, Kate. E esponja. Fria – disse Severn.

Kate voltou em um instante. O rapaz banhou o rosto, as têmporas e a garganta do senhorio. O sangramento cessou imediatamente, a respiração do homem corpulento era agora uma série de arquejos irregulares, espasmódicos, como uma criança que soluçou muito. Afinal, ele respirou fundo e seu peito se fixou em uma batida regular, com pequenas interrupções palpitantes. Mantendo ainda a mão na garganta, ergueu a cabeça com os olhos castanhos aturdidos, que inspiravam piedade, silenciosamente infeliz e suplicante. Mexeu a língua como se a experimentasse, inclinou um pouco a cabeça para trás, e moveu os músculos da garganta. Depois, recolocou as mãos sobre o local que doía.

Severn estava prostrado pela dor. Naquele momento, ele daria, voluntariamente, sua mão direita pelo homem que havia ferido.

A Sra. Thomas, no entanto, permanecia na escada, olhando: por um longo tempo não ousou mover-se, sabendo que cairia. Observou. Uma das crises de sua vida estava passando. Cheia de remorso, penetrou na região amarga do arrependimento. Não deveria mais permitir-se esperar qualquer coisa para si mesma. O resto de sua vida seria de abnegação; não deveria procurar compreensão, pedir qualquer graça no amor, qualquer encanto e harmonia no viver. Dali em diante, até onde dizia respeito aos seus desejos, estava morta. Um júbilo ardente apossou-se dela em meio à angústia.

– Sente-se melhor? – perguntou Severn ao homem doente.

Thomas mirou o rapaz com os olhos castanhos, tristes, nos quais não havia raiva, somente autopiedade silenciosa. Não respondeu, mas tinha a aparência de um animal ferido, em estado deplorável. A Sra. Thomas reprimiu depressa um impulso de desdém impaciente, substituindo-o por um abstrato e entorpecido senso de dever, orgulhosa e fria.

– Venha – disse Severn, cheio de compaixão, gentil como uma mulher – deixe-me ajudá-lo a deitar-se.

Thomas, apoiando-se pesadamente no rapaz, cuja roupa branca estava salpicada de sangue e água, tropeçou até seu quarto de forma desoladora. Lá, Severn desatou suas botas e tirou o resto do colarinho. Neste momento, a Sra. Thomas entrou. Ela assumira o seu papel; também chorava.

– Obrigada, Sr. Severn – falou com frieza.

O rapaz, dispensado, escapuliu do quarto. Ela se acercou do marido, tomou sua cabeça patética contra o seu seio e apertou-a. Quando Severn desceu, ouviu os poucos soluços do marido, entre as fungadelas rápidas das lágrimas da esposa. E viu Kate, que havia permanecido de pé na escada para verificar se tudo ia bem, subir para seu quarto com o rosto frio, calmo.

Severn trancou a casa, pôs tudo em ordem. Depois, esquentou água para banhar o rosto que inchava dolorosamente. Tendo terminado as fomentações, sentou-se, pensativo e amargo, com bastante vergonha.

Enquanto permanecia sentado, a Sra. Thomas desceu em busca de alguma coisa. Sua atitude era fria e hostil. Olhou ao redor para ver se tudo estava a salvo. Depois, acrescentou:

– Poderia apagar a luz quando for se deitar, Sr. Severn? – disse, mais formal do que era de se esperar de uma senhoria.

Ele se sentiu insultado: qualquer ser humano comum apagaria a luz ao ir dormir. Além disso, quase todas as noites era ele quem fechava a casa, e ia para a cama por último.

– Sim, Sra. Thomas – respondeu.

Ele se inclinou, seus olhos estavam brilhantes de ironia, porque sabia que seu rosto estava inchado.

Ela voltou, depois de ter alcançado o patamar.

– Talvez não se importasse de me ajudar a descer o baú – disse, com voz baixa e fria. Ele não replicou, como teria feito uma hora antes, que, certamente, não devia ajudá-la, porque era um trabalho de homem, e ela não devia fazê-lo. Agora, levantou-se, inclinou a cabeça e subiu a escada com ela. Segurando a maior parte do peso, desceu com o baú.

– Obrigada; é muita gentileza sua. Boa noite – disse a Sra. Thomas, e retirou-se.

De manhã, Severn levantou tarde. Seu rosto estava bastante inchado. Vestindo seu chambre, dirigiu-se ao quarto de Thomas. Este estava deitado, parecendo o mesmo de sempre, mas com aspecto melancólico, embora intimamente satisfeito por ser mimado.

– Como está? – perguntou Severn.

Thomas sorriu e ergueu o olhar, quase com ternura, para o amigo.

– Oh, estou bem, obrigado – replicou.

Examinou a maçã do rosto do outro, inchada e ferida, e depois, novamente, fixou os olhos de Severn.

– Lamento... – lançou um olhar indicador – ... por isso – falou com simplicidade.

Severn sorriu com os olhos, em sua maneira insinuante.

– Eu não sabia que éramos tão brutos – disse ele. – Pensei que eu era tão civilizado...

Sorriu de novo com a boca torta, rija. Thomas soltou um pequeno ronco risonho de protesto.

– Oh, não sei – disse ele. – Isto mostra que o homem tem alguma combatividade em si mesmo.

Ergueu os olhos para o rosto do outro, suplicante. Severn sorriu, com uma ponta de amargura. Os dois homens apertaram as mãos.

Até o fim de sua convivência, Severn e Thomas foram amigos íntimos, mutuamente gentis em seus gestos. Por outro lado, a Sra. Thomas era apenas polida e formal com Severn, tratando-o como se fosse um estranho.

Kate, com o destino determinado por seus "superiores", saiu das três vidas.

fim

174

Este livro foi composto na tipologia Minion Pro Regular, em corpo 10,5/13, e impresso em papel off-set 56g/m² no Sistema Cameron da Divisão Gráfica da Distribuidora Record.